Gewoon Mies

Mies Bouwman

GEWOON MIES

GOTTMER
Haarlem

Derde druk 2017

De columns in deze bundel verschenen eerder in tijdschrift *Margriet*, met uitzondering van *Bekend zijn* en *Sch·derij*, die voor de uitgave *Mies 25 ½ jaar TV: omzien in verbazing* (Wageningen: L.J. Veen, 1977) zijn geschreven.

Voor deze uitgave:

Postbus 317, 2000 AH Haarlem (e-ma·: post@gottmer.nl)
Uitgeverij J.H. Gottmer / H.J.W. Becht BV maakt deel uit van de Gottmer Uitgevers Groep BV

Omslagfoto: Marieke Timp
Omslagontwerp en typografie: Stud, Nico Swanink, Haarlem

ISBN 978 90 257 6728 0
ISBN 978 90 257 6729 7 (e-book)
NUR 401

www.gottmer.nl

Inhoud

Voorwoord

Of ik het voorwoord zou willen schrijven voor een bundel van Mies Bouwman.

'Natuurlijk, hoe heet het?'

'*Gewoon Mies*.'

'O? Typisch.'

Mies is heel veel dingen, maar niet gewoon. Ze is buitengewoon, eigenlijk heel buitengewoon.

Ik zou hier graag helemaal losgaan over hoe speciaal Mies Bouwman is en over de betekenis die ze voor mij heeft. Hoe ik me geen periode zonder haar kan herinneren. Hoe ze al vroeg in mijn leven kwam en daar altijd in is gebleven.

De eerste keer moet rond mijn vijfde jaar zijn geweest, toen ze Sinterklaas verwelkomde in Nederland. En later op zaterdagavond met *Een van de acht*. Mijn ouders gingen in het weekend vaak op visite en dan bleven mijn zussen en ik thuis. We konden niet wachten tot ze weg waren; het eerste wat we deden was een rode onderbroek over de lamp gooien en van de huiskamer een 'Turks café' maken. Zo noemden we dat. Geen idee hoe we daaraan kwamen, want de Turkse theehuizen die ik kende waren steevast voorzien van tl-verlichting. Maar niet bij ons, wij speelden dan Turks café en keken *Een van de acht*.

Daar kwam ook mijn eerste ambitie vandaan. Ik wilde danser worden in het showballet bij Mies. Daar is wegens gebrek aan talent en door de weegschaal een streep door gezet, maar het was mijn allereerste droom om in een strak pakje met veel hoofdbewegingen dwars over het podium langs mevrouw Bouwman te dansen.

Het liefst zou ik hier een verhandeling houden over de vanzelfsprekendheid waarmee ze presenteerde en het geluksgevoel dat ik kreeg, en nog steeds krijg, als ze op tv verschijnt.

Dat zou ik allemaal willen schrijven, maar van loftuitingen krijgt Mies uitslag. Ze kan niet zo goed tegen bejubeling, tegen verering, tegen complimenten, tegen 'niet gewoon' zijn. Sorry, mevrouw Bouwman, al zet je het levensgroot en honderd keer voor op het boek, je bent niet gewoon. Je bent heel bijzonder. En nu ik je persoonlijk heb ontmoet en een beetje heb leren kennen, ben je nog minder gewoon geworden. Je bent pittiger, grappiger, knapper en slimmer dan ik al dacht dat je was.

Dus die titel, beste lezers en lezerinnen, moet u met een korreltje zout nemen. De bundel heet *Gewoon Mies* omdat Mies over gewone dingen schrijft. Ze doet natuurlijk ook gewone dingen. Maar laat u niet bedotten, ze is niet gewoon. Want zoals een oud Latijns gezegde luidt: 'Non omnes qui habent citharam sunt citharoedi' – niet iedereen die een gitaar heeft, is een gitarist.

XX
Marc-Marie Huijbregts

Opening

Een zaak openen is een eigenaardig gebeuren. Ik doe het niet dagelijks, maar ik durf te beweren dat ik in het verleden op dat gebied wel enige ervaring heb opgedaan.

Een vraag die nu bij u bovenkomt, is natuurlijk: waarom nodigen ze mij, of welke Nederlander ook die geregeld op het scherm komt en opeens bekend is, voor iets dergelijks uit?

Mijn antwoord is: geen idéé.

Handiger en ook veel goedkoper zou het zijn als de directeur zélf, of zijn moeder, de sleutel in het slot stak en de deur opengooide, onder het uitspreken van de historische woorden: 'Hierbij verklaar ik de zaak voor geopend.'

Want die zin moeten wij óók zeggen, die vrágen ze, die willen ze ontzettend graag horen. Wij zeggen dus 'Hierbij verklaar ik de zaak voor geopend,' maar dat is natuurlijk onzin, want de deur was al open. De bloemen, de drank, de piano en de directeur zelf zijn er allemaal door binnengekomen, voordat jij daar in je goeie goed interessant staat te doen.

Toch: de directeur doet het niet, hij staat erop dat jij die handeling verricht. Altijd in discussie gaan wordt ook vermoeiend, dus accepteer je zijn uitnodiging en doe je wat er gevraagd wordt.

Maar daarmee is niet alles verteld.

'Misschien kunt u iets eerder komen,' zeggen ze. 'Dan kunnen we onder het genot van een kopje koffie het hele gebeuren nog even doornemen. U wilt zich ook zeker opknappen, even bijkomen van de reis. 'n Uurtje van tevoren, zou dat schikken?'

En natuurlijk schikt dat, alles schikt, want je hebt er je dag voor vrijgehouden, dus: 'Daar kunt u op rekenen, hoor.'

En daar staat dan bij aankomst het ontvangstcomité. De directeur in stemmig grijs met lintje of Rotary-speldje, de onderdirecteur in het blauw met fantasiehemd en das van de hockeyclub, de secretaris van de directie in blazer en met lichtblauwe sokken en de directiesecretaresse op nieuwe laarzen en met blush op de wangen. 'n Iets mindere, die aangewezen werd om de organisatie van het geheel op zich te nemen omdat hij bij het jubileum ook zo'n aardig lied had gemaakt, straalt op de achtergrond, en de baarddrager van het personeel (die tevens voor de geluidsinstallatie zorgde, omdat z'n zwager daarin handelt) wenkt al uit de verte: hij wil je straks even spreken, hij heeft een fantastisch idee voor een televisieprogramma.

Alle versgekapte echtgenotes zijn natuurlijk ook aanwezig, met de kinderen tot ongeveer twaalf jaar, want daarboven wilden ze niet mee en dat gaf nog heel wat ruzie thuis. Maar dat hoor je pas later, als de ceremonie al lang achter de rug is en de directeur vraagt of hij Mies tegen je mag zeggen. Z'n vrouw geeft je tegen die tijd haar recept voor gevulde kalfsborst. En de privésecretaresse neemt in d'r eentje nog een sherry.

Je denkt dan aan weggaan, je bleef al veel langer dan was afgesproken. Tegen de baarddrager zeg je dat er al een quizprogramma is waarin lieve mensen artiesten moeten nadoen, en aan de koffiejuffrouw, die vroeg of je niet eens de koningin op de knoppen kon laten drukken, beloof je dat je daar je best voor zult doen.

Maar altijd is er dan nog wel een vrouw die wil weten waar je je kleren koopt, en er is ook altijd een gepensioneerde die zegt: 'Het interesseert u natuurlijk niet, maar vijfenveertig jaar geleden bracht meneer Dirk zaliger iedereen met Kerstmis persoonlijk een kip.'

Zaterdag zei zo'n oudje dat tegen me. En dat interesseerde me best. Ik opende toen iets op anderhalf uur rijden van huis en arriveerde in noodweer op de afgesproken tijd.

'U wilt zich zeker eerst verkleden,' opperde de directeur in de geopende deur, die ik later moest ontsluiten. En hij nam me mee naar de leren directiekamer. Er stond een ontzaglijk bureau met een indrukwekkende zetel erachter en ook een lange vergadertafel met acht hoge, rechte stoelen, die niet tot inspraak noodden.

Aan de muur hing het portret van meneer Dirk van de kip. Hij keek me doordringend aan, waar ik ook stond. En op de grond lag hoogpolig tapijt, dat nog statisch was ook: toen ik me bukte om gevallen papieren op te rapen, gingen m'n haren overeind. 'Beneden in het bezoekerstoilet is een spiegel,' zei de directeur behulpzaam. 'Ik laat u nu maar alleen.'

En daar stond ik, in de gloednieuwe directiekamer van een Nederlands bedrijf. Zenuwachtig trok ik m'n trui uit, onder het wakend oog van meneer Dirk, die eens in een schuurtje in de binnenstad met zijn bedrijfje was begonnen.

De ramen spiegelden niet: ik móést naar het bezoekerstoilet.

’t Was een kleine ruimte, waarin ik me met moeite tijdens het touperen kon bewegen. Toen ik de ooglijn wilde plaatsen, ging de deur open en perste zich een moeder binnen met een laat gekregen dochter.

Ze drong zich achter me en keek me in de spiegel aandachtig aan. Nu heb je het mooie er wel af gekeken, dacht ik, en plaatste een vreemde golflijn boven m’n linkeroog.

Maar ze blééf kijken, mompelde iets en zei toen duidelijk verstaanbaar: ‘Mies, Mies van de tv, ja zeker, dat ben jij.’

Ga nou plassen, dacht ik, ga nou heel lang ijverig plassen, en terwijl jij plast, doe ik gauw m’n andere oog en maak dat ik wegkom.

Maar geen kans. ‘Goh, Viola,’ riep moeder nu hard tegen haar kind, ‘dat is Mies van de televisie, die ken jij wel, Mies, en Mies heeft rimpeltjes en grijze haartjes. Leuk, hè?’

De streep boven m’n andere oog mislukte ook.

‘Een gewone vrouw is het, zie je dat, Viola,’ concludeerde daarop moeder, ‘een hele gewone vrouw, net zoals mammie.’

Totaal onaf, met lippenstift op m’n tanden en haren die nog moesten worden gladgekamd, vluchtte ik uit de wc terug naar de directiekamer.

Daar keek meneer Dirk me vanaf de muur aan. Lachte hij?

Slapen

Voor mensen die slecht, héél slecht, of bijna niet slapen, wordt dit een heel vervelend verhaal. Hier spreekt namelijk iemand die altijd en overal kan gaan liggen, de ogen sluiten en wegwezen. Sorry, neem me niet kwalijk, 't spijt me ontzettend, maar ik kan er niets aan veranderen: ik slaap gewoon ontzettend veel.

M'n moeder zei dat ik dat altijd heb gehad, m'n man beweert dat hij me nooit anders heeft gekend. De kinderen hebben zich erbij neergelegd en vertellen er alleen de sterkste staaltjes van, waarmee ze niet zelden succes oogsten.

Zo zijn er de verhalen 'Ma naar *James Bond*', 'Ma naar het Concertgebouworkest' en 'Ma naar *The Osmonds*', die allemaal met dezelfde clou eindigen: ma sliep.

Ook schijn ik, het was op een zondag, op de bank in de huiskamer diep weggezonken te zijn. Ik vertel dit in principe niet opzienbarende feit omdat volgens de overlevering toen achtereenvolgens familie uit Brabant, de buren met kinderen en vrienden uit Rotterdam langs zijn geweest, thee bij ons hebben gedronken, een verhitte discussie voerden over Jos Brink en nog gepingpongd hebben ook. Het zal best waar zijn, hoewel ik niemand zag of hoorde: ik sliep opnieuw.

Om misverstanden te voorkomen: ik vind slapen heerlijk, ik kan maar weinig dingen noemen die ik prettiger vind. Een hele lange nacht de klok rond is natuurlijk het einde, maar ook een vijf-minuten-dut moet u niet uitvlakken: je knapt er fantastisch van op en je kunt de hele wereld weer aan tot de volgende indommel.

Alleen: een totaal gebeuren volg ik moeilijk. Van de top 10 hoor ik maar de eerste drie, in de krant kom ik vaak niet verder dan de voorpagina en een goed boek moet ik steeds opnieuw bij hoofdstuk één beginnen. Zijn het onze lekkere stoelen, is 't soms het vochtgehalte in het huis, eten we te zwaar, gaan we te laat naar bed? Welnee, onzin allemaal, ik slaap gewoon graag.

Heb ik tot nu toe mijzelf in gewone zitmeubelen beschreven met alle gevolgen van dien, erger wordt het wanneer ik mij als passagier in een comfortabele auto bevind. Rijd ik bijvoorbeeld met mijn man naar het dorp, vijf gemotoriseerde minuten hiervandaan, dan zit ik voor de slagerswinkel al te knikkebollen, en begeven wij ons naar Amsterdam, dan ben ik gegarandeerd vóór de eerste bocht al onder zeil. Zolang je naast een familielid zit, is dat een hebbelijkheid waarmee ze leren leven. Gênanter wordt het wanneer je met vreemden meerijdt.

Het sterkste verhaal dat ik u in dit verband kan vertellen, gaat over de enige echte grote filmaanbieding die ik ooit, lang geleden, kreeg. Een belangrijke producent wilde mij op de kortst mogelijke termijn spreken over een rol die mij op het lijf was geschreven; ik hoefde alleen maar ja te zeggen en de opnamen konden beginnen. Ik moest er wel om lachen, wilde er best over praten, maar de dagen zaten vol en de afspraak kon pas over een week worden gemaakt.

'Dat kan niet, morgen moet het, morgen is de uiterste

datum,' riep de man. Ik zei dat ik 'morgen' naar Den Haag moest.

'Dan breng ik u, dan praten we onderweg.'

En omdat ik vreselijk nieuwsgierig was en al lang blij dat ik zelf niet hoefde te rijden, stemde ik toe en stapte op die bewuste morgen monter in.

Hij had een prachtige auto. Het dashboard leek op een super-de-luxe Amerikaanse oven en de stoelen zou je naast je haard willen: heel diep, heel zacht en ook nog verstelbaar in alle standen.

Nu had ik veel over de filmwereld gehoord, dus liet ik de leuning in de kaarsrechte stand. Ik ben niet gek, voor je het weet ben je genomen. Maar helaas, geholpen heeft het niet.

Nadat we voor m'n voordeur waren weggereden, heb ik nog net gehoord dat de film ging over een vrolijk vrouwtje dat gelukkig levend met haar loodgieter-man het stralend middelpunt was van de buurt totdat zij op een dag...

Maar wat er toen met haar gebeurde, kan ik u niet vertellen. De volgende zin van de filmproducent die tot mij doordrong, werd uitgesproken voor de deur van m'n Haagse afspraak, alwaar hij mij kriegel wakker porde en zei: 'Ik geloof niet dat u in deze rol geïnteresseerd bent. Goedemorgen.'

Omdat je van iedere ervaring wijzer wordt, heb ik sindsdien alle belangrijke besprekingen wandelend gevoerd.

Maar waarom vertel ik u dit allemaal?

Omdat ik terug van vakantie m'n oude gewoonte kwijt schijn te zijn: ik slaap opeens moeilijk. Uren kan ik met mensen kletsen zonder te knikkebollen, eindeloos zit ik in een zitzak zonder erin weg te zakken, ik ben met m'n man naar Eindhoven geweest en het hele eind wakker gebleven, ik zag voor het eerst de file bij Vianen en wist niet wat ik zag.

'Wat zou er met me zijn,' vraag ik dus iedereen. En het meest voorkomende antwoord dat ik te horen krijg, is: 'Mens, hou je kalm, je bent eindelijk uitgeslapen.'

Maar dat wil ik helemaal niet. Ik vind het lekker om in gezelschap weg te suffen en uren later weer van de partij te zijn, een droom rijker. Lange afstanden zijn terwijl je doezelt korter, saaie besprekingen boeiend wanneer alleen de slotconclusie tot je doordringt, een dag kent steeds een nieuw begin na een slaapje, en uitgerust kun je alles en iedereen aan, althans, dat denk je.

Wat te doen?

Nu las ik zojuist een tip in een blaadje dat ongevraagd in m'n bus werd gestopt. Om tóch in slaap te komen als je de slaap niet kunt vatten, moet je gaan liggen en je totaal ontspannen. En hoe ontspan je je totaal? Door ieder deel van je lichaam apart in gedachte te nemen en daartegen te zeggen: 'Relax.'

Ik heb op het ogenblik toch niks te doen en slapen kan ik ook niet, dus wat let me om de proef op de som te nemen.

Ik ga dus liggen en begin van onderen bij m'n tenen, ik ontspan die dingen, één voor één, en als ze er als lamlendigen bij liggen, ga ik over naar m'n hielen en daar doe ik hetzelfde mee. En zo ga ik door, naar m'n kuiten, relax kuiten denk ik, en dóór ga ik, naar m'n knieën, en m'n ene knie is al helemaal ontspannen en de andere lukt ook, ja m'n andere knie ligt er nu ook helemaal...

Kussen

Hallo hallo, hier volgt een belangrijke mededeling:

Vanaf vandaag kus ik alle mensen die ik kussen wil nog maar één keer. De tweede kus schrap ik bij deze definitief en een derde kunnen jullie met z'n allen wel helemaal vergeten. Ik ga weer terug naar af.

Weet iedereen trouwens nog wel hoe het was bij 'af'? 'Vroeger' zou je ook kunnen zeggen, en dat nog niet eens zo héél lang geleden.

Nou kijk, toen was het eigenlijk heel gewoon. Dan zag je bijvoorbeeld iemand waar je geen bloedhekel aan had en die gaf je eventjes een hand en in die van jou voelde je dan een koude of warme, natte of droge hand.

Maar hoe die hand ook voelde, slapjes of stevig, hartelijk of beleefd: altijd was de aanraking kortstondig en eenmalig. 'Hallo' zei je, of 'goedendag', en je trok je hand weer terug, en nooit, maar dan ook helemaal nooit, kwam het in je bolle hoofd op om die persoon voor de tweede keer een hand te geven, laat staan voor een derde keer.

Een schouderklop werd in die tijd ook vaak uitgedeeld, maar dan hebben we het over intiemere relaties, meer in de trant van 'hé ouwe jongen' en 'dag grote meid van me'. Echt leuk en pijnloos was dat gebaar niet; ik herinner me slachtoffers die er nauwelijks staande bij bleven. Maar wie ooit zo'n schouderklop incasseerde, had in ieder geval de zekerheid dat het bij die éne dreun bleef.

Komen we bij de omhelzing. Deze werd meestal voorafgegaan door een verrast op-de-plaats-rust, dan werden de armen in extase wijd gestrekt, en daarna was er het blij op de prooi afstormen met de kreet: 'Meid/jongen, dat ik je nou toch weer zié!' Let wel: het lijdend voorwerp moest dan wel minstens drie jaar tropen achter de rug hebben, achttien jaar zoek zijn geweest of lange tijd dood gewaand wezen en dan onverwacht thuisgekomen zijn. Want pas dán was de emotionele vertoning aanvaardbaar. Maar opnieuw: één omhelzing; een tweede had niemand overleefd.

'En de kus, werd er vroeger niet gekust?' hoor ik de drie-kussengevers nu geïrriteerd vragen. En ja hoor, de kus wás er, is er en zal er naar ik mag hopen altijd blijven, anders zou ik niet zo gauw weten hoe ik mijn diepste affectie moest uiten. Maar één kus lijkt me toch wel genoeg, ik deed het er vroeger mee en was na die éne steeds tevreden. Waarom nu dan toch twee of drie?

Zal ik eens wat voorspellen? Nog even zo doorgaan en we kussen elkaar modieus te pletter. Al onze dagen zullen gevuld zijn met: 'Hallo!' Smak smak smak. Van de Nederlandse drie keer wordt het de Franse vier keer, de Californische tien keer, de Arabische vijftig keer. En we blijven de mode volgen. Zonder te weten wie we kussen, gaan we kussend ten onder.

Een mooie dood, daar niet van. Toch wil ik hem nog even uitstellen.

Vandaar mijn besluit: terug naar af, terug naar die éne welgemeende kus.

En wat prettig... ik kan hem meteen geven.

Troost

Iets uitermate stoms zeggen en dan horen hoe een vooraanstaand politicus iets nog stommers beweert: troost geeft dat, grote troost. Een zaak totaal verknollen en tegelijkertijd een internationaal leider de grootste blunder van het jaar zien voorbereiden, uitvoeren en terug op z'n eigen hoofd krijgen: mooi is dat, rustgevend ook.

Bij A een foute beslissing nemen en weten dat je de hele lijdensweg tot Z in je eentje zult moeten afleggen, maar dan om elf uur 's avonds even overschakelen naar Duitsland en daar op de televisie de grote Orson Welles zien in de allerslechtste D-film ooit gemaakt: fantastisch, ook hij ging dus wel eens de fout in.

Een erkend gesubsidieerd toneelgezelschap komt met een nieuw stuk, maar moet het wegens de totale afwijzing van pers en publiek na de première van het repertoire schrappen; een restaurant raakt van de ene dag op de andere z'n moeizaam verworven Michelinster kwijt; een bestsellerauteur komt met een nieuw boek dat het opeens niet doet; een bejubeld entertainer slaat een andere weg in en zijn publiek volgt hem niet; een sensationeel modeontwerper blijft met z'n hele sensationele collectie zitten; een politieke partij rekent op winst, maar krijgt verlies.

En ik volg al deze catastrofes in de levens van de bekenden. Geen teleurstelling ontgaat me, ik noteer en denk na. Of het nu Edward Kennedy is of Jan Terlouw, Carel Willink of Paul Huf, Toon Hermans of André van Duin, Harry Mulisch of Gerard Reve: ook zij hebben allemaal van tijd tot tijd het een en ander moeten verwerken. Dat te vernemen en daarover geïnformeerd te worden, dát geeft me een kick.

Geweldig vind ik het om te horen of te lezen hoe ze hebben aangetobd, in de goot terechtkwamen, failliet gingen, terug moesten naar af. En daar stonden ze, al die mensen, beroemd tot over de landsgrenzen. Ze zullen er wel goed de pest in hebben gehad, maar gedreven door iets dat de meesten van ons onbekend is, begonnen ze opnieuw, helemaal van voren af aan, een keer, twee keer, vaak. En ze háálden het, ze scoorden wéér, ze kwamen terug van weggeweest.

En ondertussen zeggen zij die het altijd zo goed weten dat het destijds zo klaar als een klont was dat het fout zou gaan, want het lag toch voor de hand dat... en een kind kon toch zien hoe...

En die 'zij' zijn dan de achteraffers, waardoor we allemaal worden omringd. De door het raam kijkende betweters, de zittenblijvende vingeropstekers. Hun namen ken ik niet, hun gezeur sla ik over. Wie niks doet, staat stil en wie stilstaat, daar gebeurt niks mee – denk daar maar eens over na. Persoonlijk kies ik daarom te allen tijde voor de doeners met hun bijbehorende miskleunen, voor de enthousiastelingen met de niet te ontlopen risico's, voor de creatieven die klimmen en vallen: voor de levenden dus.

Wat ze beweren kan ik lang niet altijd volgen, wat ze maken vind ik niet automatisch mooi. Maar ze zijn wél bezig en van mensen die bezig zijn, dáár hou ik van. Ze inspireren me als ik de moed laat zakken, ze geven me een nieuwe impuls als ik gek word van de twijfel en ze troosten me als ik, verteerd door intens zelfmedelijden, denk dat alle tegenslag van de wereld zich op mij, en op mij alleen, richt.

Lees de biografieën van Bette Midler, Charlie Chaplin, Lucille Ball, Dick Cavett, kijk naar de carrières van Wim Kan, Joop den Uyl, Karel Appel, Alexandra Radius. Ieder van hen kende perioden waarin ze nauwelijks het hoofd boven water konden houden, vergeten werden door jan en alleman, geen cent hadden en voor het brood op de plank dingen deden waar ze bar ongelukkig van werden.

Mensen zoals u en ik dus, waar we vandaag met bewondering tegenop kijken, vergetend hoe we ze gisteren de grond in stampten. Bijzondere mensen die met dezelfde sores kampen als ieder ander, maar die over één eigenschap beschikken waar je echt jaloers op kunt zijn: als wíj bij de pakken neerzitten, staan zíj op.

Ik mag dat wel, dat opstaan en doorlopen; de zon schijnt voor iedereen en morgen is er weer een nieuwe dag.

De lezeres die mij schreef dat ze kotsmisselijk wordt van mijn opgewekte geschrijf, moet ik daarom een forse dreun geven: ze zal bij voortduring kotsmisselijk zijn, als ze mijn stukjes blijft lezen. Ik ben namelijk niet kapot te krijgen.

Loop ik daarom dag in dag uit in een Laura Ashley-jurk fluitenkruid te plukken, intussen glaszuiver neuriënd 'Hela gij bloempjes, slaapt gij nu nog?'

Vergeet het. Ontmoet ik mijn medemens altijd met een vriendelijk woord, staat mijn deur voor iedereen open, kan elke zielenpoot zijn hart bij mij uitstorten, zie ik geen wolk aan de lucht?

Mens, hou op, mijn wanhoop kent zo nu en dan geen grenzen en ik kan onhebbelijk en vooral onredelijk zijn – dat hou je niét voor mogelijk.

Maar geregeld, toch wel één keer per week, denk ik: nou ja, mag ik? En dan lees ik hoe onze bekendste filmer na z'n laatste flop gewoon weer begint aan een nieuwe film en hoe een kersverse ambassadrice opeens niet meer de naam van het land weet dat haar is toegewezen, hoe een politicus geen meerderheid in de kamer haalt voor zijn motie, hoe een zangeres het Songfestival niet won.

En dat troost me, dat beurt me op.

Alles is nog niet verloren, denk ik dan; ik mag dan sukkelen met het een en ander, maar zij hebben het ook niet makkelijk.

En hoewel hun ervaringen niet de oplossing geven voor alles: een bron van inspiratie zijn ze wel.

Daarom was ik zo verrukt over het verhaal van de wereldberoemde dirigent die na een leven vol toppen en dalen op zijn vijfenzeventigste jaar gevraagd werd gastdirigent te zijn bij drie voorstellingen van de Weense staatsopera.

Hij accepteerde, maar onder één voorwaarde: hij eiste een contract voor vijfentwintig jaar.

De genoemde lezeres wordt nu niet alleen ter plekke kotsmisselijk, ze blijft het ook.

Ik niet.

Na zo'n verhaal ga ik er weer flink tegenaan.

Pluimvee

30 maart, 7 uur 's morgens: over m'n gras loopt een haan. Nooit aan een haan gedacht, nooit een haan gekocht: deze haan is dus niet van mij.

Eigenaardig.

30 maart, 1 uur 's middags en later: over mijn gras en door mijn perk loopt nog steeds een haan. Hij maakt nu geluid, roept om de vijf minuten 'kukeleku'. Ik meen daar hulpgeroep in te horen en telefoneer alle buurtgenoten die ik verdenk van pluimveebezit.

Nog later: niemand in de wijde omtrek is een haan kwijt, niemand in de wijde omtrek wil ook een haan: ik heb dus een haan.

31 maart, 7 uur 's morgens: over het gras loopt DE haan. Een mooie haan is het. Hij heeft iets roods op de kop en aan de kin, en daaronder een vracht veren die in kleur varieert van goudgeel tot blauwgroen en gitzwart in de staart. Op m'n eerste hoed zaten dat soort veren. Hè bah, denk ik.

De haan die ik bekijk, stevent dan af op het aanlokkelijk leliegroen, zodat ik me geroepen voel 'Kssst' te sissen.

'Kukeleku' roept hij terug en hapt gretig. Het zal een lelieloze zomer worden.

31 maart, vele zorgelijke uren later: situatie onveranderd. Naar het zich laat aanzien wordt het ook een violenloos, vergeet-mij-nietloos, floxloos en ridderspoorloos jaargetijde. Ik bel daarom een vriend die het pluimvee koestert en vraag hem warrig om advies. Antwoord: 'Minstens tien kippen erbij kopen en dan maar eieren rapen.'

'An me nooit niet,' zeg ik.

Vlak voor het donker zien we hoe de haan zich tien meter hoog in de spar nestelt.

'En dat gij daar maar eeuwig mag blijven zitten,' wens ik.

1 april, 7 uur 's morgens: over m'n gras loopt ONZE haan. Vanuit het raam gezien best een elegant dier eigenlijk, met verticaal bewegende nek, trotse langzame stap, een arrogant rondkijkende kop en nonchalant wegpikkende bewegingen, interessant bijna.

Maar in het gras zitten nu wel grote omgewoelde plekken. 'Kukeleku,' roep ik daarom afschrikwekkend, want zo kan deze terreur niet doorgaan. Hij kijkt geïrriteerd op en pikt weer verder, richting de fraai uitlopende margrietstekken. Daarom bel ik 1 april, 9 uur 's morgens de politie en vraag of er een melding van een weggelopen haan is.

Stilte volgt, ik zie de man in gedachten op de kalender kijken en z'n gevolgtrekkingen maken. Ook hoor ik geblader en dan een verbaasde stem die bevestigt dat er inderdaad een haan zoek is. Ik krijg daarop een telefoonnummer. En bel.

'Komt-ie als u Guus roept?' vraagt een vrouw als ik m'n verhaal heb verteld.

Ik beken dat ik wat dat betreft in gebreke ben gebleven, ga naar buiten en roep: 'Guus, Guus!'

'Nee,' zeg ik terug aan de telefoon, 'hij komt niet.'

De haanzoekster is door deze mededeling niet gedeprimeerd. 'Hij is eenkennig, u bent vreemd voor hem, ik kom wel even kijken.' Tien minuten later: over het grind scheert een auto die gierend remt. Eruit stapt een vrouw die zich onder bomen en in perken stort, aldoor 'Guus, Guus', roepend, hetgeen mij ook 'Guus' doet roepen en zelfs 'Guseke'.

Maar nergens een haan.

'Hij was er net nog,' verontschuldig ik me. En zij: 'Ik mis 'm.'

Ik beloof te bellen wanneer het beest zich opnieuw mocht vertonen en ga zodra ze verdwenen is op de loer liggen, want uit moet het zijn: terug naar moeder.

Twaalf uur, dezelfde dag: tussen het vingerhoedskruid wandelt een haan, terug van weggeweest, MIJN haan, daar is geen twijfel aan.

Ik bel dus en zij komt.

Sluipend benaderen we het zich recreërende beest op afstand en zij kijkt en zegt: 'Nee, dat is mijn Guus niet.'

'Zal het Karel zijn,' probeer ik nog en ook: 'Neem hem mee, ik moet dat beest niet.'

Waarop zij: 'Móét hem niet, móét dat schattige beest niet? Kom nou. Gewoon een paar meisjes erbij en dolle pret.'

2 april, 7 uur 's morgens: ja hoor, hij is er nog steeds.

2 april, 10 uur 's morgens: Mies ten einde raad bij zaadhandel met de vraag waar meisjes te koop zijn. Ik krijg een adres waar ze me doorsturen naar een ander adres

waar ze me ook niet aan vrouwvolk kunnen helpen, maar: 'Op de oude rijksweg, en dan bij het hoge flatgebouw rechtsaf, en daarna linksaf, en almaar rechtdoor, betonnen brug over, linksaf en daar 't eerste huis met rieten dak: daar misschien.'

2 april, 2 uur 's middags: ik klop op een deur en een aardige heer doet open. 'U schijnt kippen te verkopen,' zeg ik, 'en ik heb een haan. Een haan moet kippen hebben, beweren ze. Is dat zo?'

De man kijkt me aan en antwoordt: 'Kan jouw man zonder je?'

Ik zoek er dan met hem drie uit en wil afrekenen.

'Dat is dan drie maal zes gulden,' zegt hij, stopt voor achttien gulden in een kartonnen doos en zet die achter in m'n auto.

Tokkelend rijd ik naar huis, waar ik de dames in de Timp-tuin loslaat. De haan kijkt dan even op, observeert ze hautain, draait zich om en gaat verder met vernielen.

3, 4, 5 en de rest van april: over m'n gras loopt ONZE haan gevolgd door ONZE kippen. In m'n huis komen allemaal kippengekken die ons ongevraagd over het pluimvee informeren. Zo raadt men ons aan een hok te bouwen met stok, terwijl wij slechts wensen dat zij de wijde wereld in gaan.

Ook schijnt pluimvee dol te zijn op etensresten, hetgeen vervelend is omdat we die altijd een dag later zélf opeten.

En wat helemaal het einde schijnt te zijn is het wonder van een kip die een ei legt, of, zoals de pluimveebezitters het uitleggen: 'Je moet het gezien hebben om erover te kunnen oordelen.' Ik geloof dat graag maar hou m'n mond, want na zes weken heb ik nog niet één miezerig niet te eten eitje gevonden.

Hoe dat komt? Ik zou het niet weten. En waar dat naartoe moet: geen idee.

Eén troost hebben we: de vraag wat er het eerste was, de kip of het ei, is wat ons betreft opgelost.

De haan natuurlijk.

Uitvoering

De dag was zinderend zonvol geweest. Het publiek verscheen dan ook pijnlijk rood of geolied bruin in de Hilversumse schouwburg, menigeen doordrenkt van een gemarineerde barbecuelucht. Een buitenstaander die ons in horden op plastic slippers en in spijkerbroek naar binnen zag gaan, vermoedde wellicht dat het hier om een of ander popgebeuren ging. Maar hoe dan het grote aantal opa's en oma's te verklaren, de rijen oneigentijdse harmonieuze echtparen, de lieve boeketjes die werden afgegeven bij de kassa, appelbloesem met rododendron, lelietjes-van-dalen met gipskruid vermengd? En de kaartjes daaraan: *Voor Annelien, van de Jansens, Voor Ingrid, van de hele familie*?

Het antwoord is simpel. Wat daar die avond plaatsvond, na weken repeteren, dagen van zenuwen, uren klam zweet en minuten ondraaglijke spanning voordat het doek opging, was de jaarlijkse balletuitvoering. En een kind van ons deed mee.

Hoe vaak ben ik niet ergens naartoe gegaan om te kijken naar een kind. Die toneelvoorstelling in de aula van de school, de turndemonstratie in een vreemd gymnastieklokaal, het halen van het zwemdiploma in het dichtstbijzijnde zwemcomplex, de verklede optocht door het dorp. En je zit of je staat daar en je kijkt naar al die anderen, die het best aardig doen, maar het wachten is toch op die van jou. En daar is die van jou opeens en nou ja: die is de beste, de mooiste en werkelijk de meest eruitspringende van allemaal.

Op die avond, na die zinderende zonvolle dag, zat ik dus met verbrande kuiten in de Hilversumse schouwburg. In het programmablad las ik dat ze in dans 5 voor de pauze zat en in dans 11 na de pauze. Ik keek dus rustig en niet echt betrokken naar de kleintjes die als bloemetjes verkleed enorm hun best deden bloemetjes te zijn. Eén bloem wist niet hoe dat moest. Dat was de leukste.

Daarna kwamen dun geklede moeders die met behulp van een windmachine iets iels aan hun verschijning wilden geven. Ze kregen een hartelijk applaus en zelfs bis-geroep te horen. Het merendeel van de zaal sloot zich echter niet aan bij dit initiatief van hun echtgenoten.

Dansje 3 was een hartverwarmend balletje van groten en kleinen door elkaar; dansje 4 iets klassiekerigs met cellomuziek en lichteffecten.

En toen was het zo ver: dans 5, dáár zat zij in. 'Waar is ze nou?' vroeg m'n dochter.

'Daar, achterin.' 'Waar dan?'

'Derde rij, tweede van links.' 'Dat is ze niet.'

'Jawel, daar, nu tweede rij, derde van rechts.'

'Zie jij d'r?' vroeg m'n man.

'Ja natuurlijk, middenachter, in dat kringetje.' 'Welke dan?'

'Dáár, ze is nu vierde in die schuine rij.' 'Die dikke?'

'Nee, ze ligt nu op d'r knieën.'

'Waar dan, ze liggen allemaal op hun knieën.'

'Dáár, man, die met die zwarte pruik, in dat gele pak.'

'Ze hebben allemaal een zwarte pruik en een geel pak.'

‘Je kent je eigen dochter toch zeker wel!’

‘Nee, waar is ze?’

‘Dáár, tweede van links, nee, derde van rechts, nee, linksachter is ze nu, nou ja: kijk zelf zeg. Ze is fantastisch.’

‘Ssst,’ zei iemand achter ons.

‘Waar is ze nou?’ herhaalde m’n dochter. En toen was het afgelopen.

We klapten als bezetenen en klapten nog toen iedereen was uitgeklapt.

En mijn man zei, als laatste klappend: ‘Toch is het niet goed: ze zouden iets moeten verzinnen zodat je je eigen kind herkent.’

In de pauze kreeg hij steun van andere ontredderde ouders. ‘Ik had gehoord dat ze bloem was, maar niet in een veld vol.’

‘Ik heb maar geklapt omdat mijn vrouw zei dat ze erin zat, maar gezien heb ik d’r niet. Waarom geven ze die kinderen geen rugnummers?’

‘Ik dacht dat ze die krantenjongen was, maar nu zegt m’n dochter dat ze de rol van deftige dame had. Dat vind ik niet leuk, nee, zit ik daar voor andermans kind bis te roepen.’

De absolute treurnis kwam van een moeder die drie dochters aan het ballet van groten en kleinen had geleverd, maar geen kans had gezien er één te midden van de veertig te herkennen. Somber zei ze: ‘Als ze op ballet blijven zal ik aan de bril moeten, maar ik had liever dat ze op hockey gingen: elf kan ik nog wel overzien.’ Waarna we ons weer naar onze plaatsen begaven, want de verwarrende pauze was om. Weer even kijken naar andermans kinderen, dus bij de dansjes 6, 7, 8, 9 en 10 je vervelen, maar terug in de startblokken bij 11 want daar zit ze weer in. En dit keer zagen we allemaal wie ze was.

Kent u dat, dat kijken naar een kind? Ze mogen een decor om haar heen bouwen, vuren branden, lichtpijlen ontsteken, duizend figuranten laten opkomen, maar je kijkt maar naar één, en dat is zij.

Als ze later vraagt 'Hoe vond je onze kostuums?' dan zeg je 'Mooi', maar je hebt ze niet gezien. En zegt ze 'De solo van Karina was fantastisch hè?', dan beaam je dat en zegt 'Fantastisch', maar je keek alleen naar je dochter, die op de achtergrond stil zat te zijn, en dat deed ze fenomenaal. En ze wil ook weten of je het licht niet bijzonder vond, want met het licht, daar deden ze met die dans wonderlijke dingen mee, en je antwoordt 'Ja, te gek, dat was heel bijzonder', maar van dat licht zag je natuurlijk ook niks.

En dan zegt ze: 'Je zat achter de grootvader van Nadien, hè? Heeft-ie nog iets gezegd?'

En je antwoordt 'Nee', wat opnieuw een leugentje om bestwil is. Want die grootvader van Nadien zei wel degelijk iets. Hij zei: 'Maak me maar wakker als ze boven de achttien zijn.'

Tuinfeest

Een wijze man schijnt ooit gezegd te hebben: 'In de woestijn eet je geen vis.' Ik zou hem vanwege die uitspraak willen omarmen. Dat kan gelukkig niet, want dat zou schrikken zijn: hij is al meer dan honderd jaar dood. Maar niet in mijn gedachten, want ook deze week citeerde ik hem weer toen een kennis erbarmelijk klaagde over het feit dat ze driehoog in Amsterdam geen tuinfeest kon geven.

'Nee, wie geen tuin heeft kan geen tuinfeest geven,' verzon ik, denkend aan mijn wijze overledene.

En mijn kennis reageerde met: 'Jammer hoor, 't lijkt me juist zo leuk.'

Arm vrouwtje, jammerlijk, niet nadenkend type, was wat ik toen dacht. Want hoe heerlijk een gazonnetje ook is, en hoe kleurrijk een verstandig aangelegde border ook mag zijn: het verschrikkelijke gebeuren van een groot tuinfeest blijft haar gelukkig bespaard.

En dat is een cadeautje.

Nooit zal zij de paniek beleven van urenlang bereide happen die eenmaal prachtig buiten uitgestald in enkele seconden worden bestormd door mieren. Ook de wespen die in zwermen op toastjes neerdalen kent ze niet.

De schok van een naaldhak in het pas gezaaide gras is haar vreemd.

De woede over brandende peuken in de opkomende tabaksplanten onbekend. Ze weet niet wat er door je heen gaat als het buitengebeuren opeens overspoeld wordt door een stortbui, de beelden van opvliegende en weer neerkletterende parasols bij windkracht 10 zag ze alleen in komische films.

Kippen kan ze op haar stek niet houden. Ik ben de laatste die zal ontkennen dat ze dan iets mist; kuikentjes mist ze onder andere, we hebben weer elf nieuwe.

Het is ook zo'n gesjouw, alles van buiten naar binnen. En geen zinnig mens heeft voldoende stoelen voor onzinnige mensen die opeens willen zitten. Dus gaat eerst het binnenmeubilair naar buiten en daarna het slaapkamer-zitgebeuren, voor zover daar kaptafelkrukken aanwezig zijn. En ergens staat nog een gammele ligstoel waarin je héél voorzichtig moet wegzakken, maar dat doen ze dan onvoorzichtig. Je bent ook niet verzekerd tegen aan verroeste ijzeren tweezitsbanken (die zo pittoresk stonden) opengehaalde kleren. Pas een half jaar later vind je die veertien gemiste sherryglazen achter de afgelegen coniferen terug.

Mijn kennis mist dat allemaal. En geprezen zij haar lot. Want dit beleven kan zij wel, als ze het per se wil, maar dan bij anderen. En dat is lachen.

Gisteren bijvoorbeeld was ik op een tuinfeest bij twee trotse bezitters van een kersvers pand met grond. Alle onvolwassen planten stonden rechtop gezond te wezen, ieder nieuw boompje dácht alleen nog maar aan uitlopen. Perfect was het. Maar zoals gezegd: toen kwamen wij, de tuinfeesters.

En het glas rinkelde op de betontegels. En de paling belandde tussen de geraniums. De leuke antieke bloempot walmde als een te volle asbak. En de pril groene klimopkruiperds werden stukgelopen. Een kop ossenstaartsoep ging over de Oost-Indische kers. Een vork hing als kerstboomversiering in de kunstig geknipte laurier. En op de marmeren tafel lagen de eens zo mooi opgestapelde zoutjes verkruimeld naast de schaal.

Ik wachtte op de koolmezen die weldra zouden komen en keek naar de ouderwetse dochter des huizes die in plooirok met vol blad de afstap van het terras zonder succes probeerde te nemen. Intussen zette het laatste beetje vlam van een onnodige fakkel de houten fakkelstandaard in de fik. En verslikte een succesvolle Nederlander zich toch nog menselijk in een pinda.

Een vrouw, mooi als een huis in vervallen staat, zei: ‘Ik zou me voor kunnen stellen dat dit Hollywood was, met links Marilyn Monroe en rechts Clark Gable.’

De man naast haar knikte verveeld en constateerde: ‘Rustige buren zouden dat nu zijn.’

Ik moest daar erg om lachen, ik lachte naar ik aannam zelfs vrij hard.

Waarop iemand achter mij opmerkte: ‘Moet je dat mens horen. Die wil met alle geweld op Mies Bouwman lijken.’

Bank

Het was de zoveelste lentewinterdag. Vrolijke mensen met open jassen slenterden langs etalages waarin de ijstruien al lagen afgeprijsd. Nog steeds geen bord met *schaatsen slijpen* op de stoep voor de ijzerhandel. Iemand floot op de fiets.

Bijna gelukkig wandelde ik naar de vijver midden in het dorp, waar ik zou wachten op m'n dochter. Ze was op zoek naar lakpumps die niet glimmen – ik had dus alle tijd.

En ik niet alleen. Op één plaatsje na waren de banken bezet door alle generaties. Op dat plaatsje ging ik zitten, naast een grijs dametje dat brood voerde aan de eenden. Ze omsingelden haar luidruchtig zoals fans André Hazes plegen te doen. Maar zij genóót. 'Leuk hè?' lachte ze, toen ze me geamuseerd zag kijken. 'Ik ben hier altijd als het weer niet te slecht is; die beesten zijn zo vrolijk en dankbaar.' En na een kleine pauze: 'Dat kun je van mensen niet altijd zeggen.'

Ik knikte.

'Ze vinden het in het huis heel gek, dat ik hier zo vaak naartoe ga,' vervolgde ze en strooide intussen rustig door met een gebaar dat me aan het wuiven van koningin Wilhelmina deed denken. '"Agnes is aan het dementeren" fluisteren ze, maar ik hoor het wel. En ik vind het niet erg. Dementeren is een mooi woord, ze gebruiken het veel tegenwoordig, ik dus ook. "Wat doe je vanmiddag, Agnes?" vragen ze, en dan antwoord ik: "Dementeren, dames, zoals gewoonlijk."'

Ze keek me even aan met pretlichtjes in haar ogen en zei: 'Eendjes voeren dus, maar dat had u al begrepen, hè?'

Daarop nam ze weer een klein handje vol uit de plastic tas op haar schoot, keek onderzoekend rond en strooide het brood zorgvuldig met een 'Hier, dat is voor jullie' in de richting van twee bangerds die zich niet tussen de lawaaierige groep durfden te begeven.

'Ja,' vervolgde ze, zonder te kijken of ik nog luisterde, 'er zijn veel nieuwe woorden, stress bijvoorbeeld. De man van een nicht van me schijnt er last van te hebben, toen ze het me vertelde wist ik niet wat het was.'

'Is het erg?' vroeg ik, en ze zei: 'Ja, spanningen en zo, je kan nergens meer tegen, d'r hoeft maar dát te gebeuren of je denkt dat de wereld vergaat.'

'O,' heb ik toen gezegd, 'is dát stress, wat geestig, vroeger noemden we dat moe.'

En weer keek ze me aan, maar weer héél even, want er waren nu wel vijftig eenden, ze had het druk.

'Zoekt u iemand?' vroeg ze. Mijn speurende blik was haar in de gauwigheid niet ontgaan.

Ik vertelde dat ik wachtte op mijn winkelende dochter.

'Zo, u heeft een dochter. Eentje?'

Tevreden noemde ik de andere twee ook, 'en nog een zoon'.

'Zo, vier kinderen,' zei ze, 'dat is veel voor deze tijd. Zeker last gehad van, kom, hoe noemen ze dat nou op de televisie, er zijn steeds programma's over, die door zo'n treurig kijkend meisje worden aangekondigd, het begint met post...'

Ik hielp haar met de daaropvolgende 'natale depressie', maar voegde er snel aan toe dat het verschijnsel mij vreemd was.

'Mij ook,' lachte ze, 'en ik heb er toch vijf gehad. Maar nooit tijd voor "ik ben zo moe" of "ik weet niet hoe", nooit, want zal ik u eens wat zeggen...' Ze vergat de eenden even en boog met een hand vol brood vertrouwelijk naar me toe. 'Ik vond het héérlijk om een kind te krijgen, ik had er wel tien willen hebben.'

'O,' zei ik, en 'jazeker', zei zij. En voerde weer door. Een schrale eend die zich door honger gekweld in de luidruchtige eendengemeenschap had gedrongen en een stuk brood te pakken had, gaf een knauw in de richting van een dikkerd die het van haar af wilde pakken. We keken er samen naar en ik zei: 'Dát beest weet van zich af te bijten, assertief heet dat tegenwoordig.'

'Assertief?' herhaalde ze en keek me niet-begrijpend aan. Ik legde het verder uit: voor jezelf opkomen, je niet in een hoek laten drukken, weten dat je iemand bent.

'O,' zei ze en richtte haar blik weer op de eenden, 'o, is dát assertief.' En strooide door. Toen zag ik mijn dochter, maar nog steeds ben ik blij dat ik niet meteen opstond, anders had ik haar volgende zin gemist.

Ze zei: 'Assertief... Wat een moeilijk woord, voor zoiets gewóóns.'

Vermageren

'Hallo,' zei hij, 'leuk, dat jasje met die brede schouders.'

Ik keek hem vernietigend aan en snauwde: 'Dat is het jasje niet, dat ben ik.'

Toen wist ik dat het ontzettende moment zich had aangediend. Het was niet meer weg te smoezen, het viel niet meer te ontlopen: ik moest opnieuw vermageren.

Nu ben ik daar niet kinderachtig in. Als het moet, dan moet het maar en hoe sneller hoe beter. Voor mij dus geen zesmaandenplan met punten tellen bij ieder pepermuntje en voor mij ook niet een jaar lang slechts de helft eten, kom nou. Een saucijzenbroodje versmul ik tot de laatste kruimel en de dagen zijn niet schaars, dat ik nog een tweede neem. Om van bitterballen maar te zwijgen. Ook valt voor mij dat smakeloze bord kiemenderrie af, dat je op je nuchtere maag schijnt te moeten verorberen. En aan die grote dubbele koeken met alles d'r tussenin wat een mens nodig heeft, begin ik ook niet meer. Je mag er maar een paar per dag eten: ik verorberde pakken achter elkaar en kwam twee kilo aan. 'De club,' roept u nu en u hebt gelijk, alleen: ik kan nooit als de club kan en bovendien, om nou een keer per week publiekelijk op de weegschaal te moeten gaan staan om te zien dat je er toch weer een kilo bij-at, terwijl de vrouw van de slager er potverdikkeme vier ons afkreeg, ik weet het niet, ik kan me leukere dingen voorstellen.

Voor mij dus niks van dit alles, voor mij na lang wikken en wegen gewoon die vier kilo eraf in zeven dagen en dan weer terug naar de speklappen.

Dus zocht ik het beduimelde boekwerkje met de hoopvolle titel *Vermageren in zeven dagen* weer eens op. Het verloste me al eerder van mijn overgewicht, waarom dus deze keer niet?

Goed, daar zat ik dus en bladerde door de lijst met vijftig diëten. Welk dieet zou ik deze keer eens nemen, waar stond m'n hoofd in de lente naar? Werd het de piloten-kuur of de kip-met-kerrie-kuur, de bananen-melk-kuur of de alleen-maar-rijst-kuur? Het klamme zweet brak me uit, het werd een gigantisch probleem. Heb je eindelijk tot vermageren besloten, geven ze je vijftig kuren om uit te kiezen.

Pure ellende, daar begint het mee.

Ik koos ten slotte, twijfelend tussen de kip en de snelle vermageringskuur, maar voor de laatste: na de televisiereportage over een kippenslachterij zag ik mezelf toch minder smakelijk een paar keer per dag in een ontvelde poot happen, en zeven dagen vleugeltjes – bij het idee alleen al viel ik een kilo af.

Het snelle vermageringsdieet dus, bestaande uit mager vlees, magere vis, keihard gekookte eieren en minimaal acht glazen water per dag, plus dan nog wat vitamine- en mineraalpillen. En de zegen van je huisarts, die je misschien zijn fiat geeft nadat je hem dit verteld hebt, maar er wel aan toevoegt dat er nog andere manieren zijn. Maar daar hebben we het al over gehad.

Afgelopen donderdag ben ik dus begonnen. En al zeg ik het zelf, het ging best. Nu zit je de eerste dagen natuurlijk nog boordevol hutspot van gisteren, het hoorbaar rammelen wordt nog in de kiem gesmoord door de lap klapstuk die ergens vanbinnen moeite doet om te verteren. Het zichtbaar verlangen naar al wat eetbaar is, komt pas na de derde dag; de tweede gaat nog trots voorbij doordat iedereen je met je pogen tot afslanken flink vindt en 'heel verstandig' zegt en weifelend 'ik zou ook eens moeten'.

Maar intussen nemen die ellendelingen vlak voor je ogen wél een tweede portie gebakken aardappelen. Ze schromen ook niet zich opnieuw van de bloemkool met een sausje te bedienen, waarbij ze uitvoerig uit de doeken doen dat het lekker is en je uitnodigend vragen: 'Wil jij niet een stukje, een heel klein stukje, dat kan toch geen kwaad?'

Jazeker, weet ik dan, zo'n heel klein stukje kan álle kwaad. Eén doperwt en ik eet het hele blik leeg, één wriemeltje rookworst en ik heb de smaak weer te pakken en hap de totale worst weg, mét touwtje. Bovendien heb ik in m'n boek gelezen dat het systeem niet meer werkt bij het kleinste foutje. Mager vlees, vis en eieren, plus die verschrikkelijke acht glazen water, en verder geen gezeur.

Over de twee dagen die ik zojuist genoemd heb, heb ik geen troosteloze mededelingen.

Maar toen kwam zaterdag. Vrienden vroegen ons opeens mee naar de Chinees, een familielid dat zich continu ongans eet (maar er desondanks als vel over been uitziet) kwam binnen met een hazelnoottaart en het gezin, waar ik doorgaans op kan rekenen, toonde opeens geen begrip en verlangde, bijzonder onaardig, het enige waarvoor ik met 99% kans voor de bijl zou gaan: uiensoep.

Ik ben toen zeer drastisch te werk gegaan, want de broek bleef spannen en de vetrol bleef een vetrol. Ik heb de Chinese uitnodiging dus uitgesteld, de taart doorgespoeld en de uiensoep (o, uiensoep, dik op de lepel en goudbruin pruttelend van de kaas en intussen geurend naar al wat het leven goed maakt), die uiensoep heb ik vervangen door macaroni. Zéér slecht, macaroni, vertel mij wat. Ik heb 'm dan ook op tafel gekwakt zonder te proeven, en intussen mijn blauwgekookte ei gegeten en al water drinkend en lijdend en kwijnend steeds bij mezelf gedacht: nog maar vier dagen. En 's avonds stond ik op de weegschaal en twee kilo was eraf. Halleluja!

Toen kwam zondag. Ik was al om zeven uur op en ontbeet met een rest kouwe kabeljauw. Sindsdien ben ik bezig gebleven. Ik heb de keuken gedweild en de koelkast ontdooid, alle planten verpot en de paden geharkt, maar wat ik ook deed: op zondagavond was er nog steeds twee kilo af.

Dat was de vierde dag.

Nu is het maandag. Vannacht droomde ik van het wereldkampioenschap spek eten: ik won de eerste prijs.

Mijn ontbijt bestond uit twee plakjes rosbief, het glas water bleef een straf. En de dag sleepte zich voort met heel normale dingen, die opeens allemaal met eten te maken hadden. Een schoolreisje is verse kadetten, de vriendendienst wordt beloond met bonbons, het vakantieplan moet besproken tijdens een couscousmaaltijd, de tachtigste verjaardag gevierd met een zesgangendiner, een vermoeide vriend brengt een fles Kir mee en een kind haalt een onvoldoende en probeert zich te bewijzen met een appeltaart.

We eten en drinken wat af, concludeerde ik woedend. En harkte voort.

Nu zei mijn man net: 'Is het nou niet genoeg, zullen we op het hoekje mosselen gaan eten?'

Mosselen! Ik dacht dat ik gek werd. Van alle mosseleters ter wereld ben ik ongeveer de grootste, de kampioen-mosseleter ben ik, ik eet ze met schaal en al als het zou moeten, maar liever gekookt in wijn en kruiden met stokbrood en licht gezouten boter en dan een glaasje chablis erbij, en koffie met een Belgische bonbon toe.

'Mosselen,' haper ik dus, 'een ogenblikje.' En ik ren op deze vijfde dag naar boven en ga op de weegschaal staan: drie kilo eraf.

Daar moet op gedronken worden! Ik neem een glas water en lach.

Nog maar twee dagen!

Kouwe vis en een verkleumd ei zijn eigenlijk best lekker. Gekookte lever met versgemalen peper: wie zei dat dat niet overheerlijk was? Naaldhakken en een kokerrok: ik wil er wel weer op en in. En de bikini: kijk uit Nederland, daar kom ik!

Dus huppel ik naar beneden en roep: 'Nee, geen mosselen en geen niks, nog even maar en ik ben er weer.'

En terwijl het gezin zich tevredenstelt met een uitsmijter ros, stort ik me weer op het harken en zie in iedere kiezel een pindarots. Nog twee dagen, denk ik vrolijk, dan koop ik een pond.

Tellen

Er zijn vanavond achtenzestig doden op m'n scherm gevallen. Misschien zelfs negenenzestig, ik kon niet goed zien of die ene bewoog of niet. Laten we het daarom maar op achtenzestig houden, helemaal geen gekke score trouwens. Gisteravond was hij hoger, toen telden we er zevenentachtig, inclusief drie natuurlijke sterfgevallen, die zeer werden beweend. En de avond met die Indianenfilm kwam ik op tweehonderdnegenenvijftig. Toch, een record was het niet. Ik herinner me nog duidelijk de keer dat we naar een oorlogsfilm keken en de vijfhonderd passeerden, waarna er tot onze niet geringe verbazing nog eens drie veldslagen volgden. We raakten toen giechelend de tel kwijt. Het was niet meer bij te houden.

Nu ik zo'n weekje onechte doden op de televisie turf, merk ik dat gewoon in de verte neerschieten me niks meer doet. Je ziet een rookwolkje, je hoort soms een kreun, maar daarmee is de koek op. Blaast de man de laatste adem uit, of staat hij zo weer kreunend op de gelaarsde benen? Sluit hij voorgoed de ogen na nog een verwensing, of kruipt hij naar de dichtstbijzijnde oase? En haalt hij die? Allemaal vragen waarop wij het antwoord nooit zullen weten. Maar het tellen wordt daardoor wel bemoeilijkt.

Massaslachtscènes met close-ups erdoorheen gemonteerd brengen me ook in de war. 'Had ik die bebloede heer al, of is het een nieuwe?' roep ik vertwijfeld, en dan volgt niet zelden een discussie, waardoor ik er weer een paar mis.

Vooraf heb ik wel gevraagd of iemand het tellen van me over wilde nemen als het echt eng werd. Ik kan namelijk niet tegen écht eng, dan wil ik altijd even koffie zetten. Ik zet dus koffie wanneer iemand de keel wordt afgesneden, de hand wordt afgehakt of de rug wordt opengeslagen met een zweep met haakjes. Ook zet ik koffie als er een oog wordt uitgeprikt, een aansteker onder een neus wordt gehouden of een stiletto in een borst wordt gemikt.

Ik zet dus veel koffie. En die blijft staan. Omdat ik dat zonde vind, vergeet ik de laatste dagen de koffie maar en ga de krant inkijken, de planten verzuipen of koekjes eten. Het is jammer dat ze dan het geluid niet afzetten. Het gekerm, gekreun en geschreeuw blijf ik horen. En omdat ik een levendige fantasie heb, kijk ik dan vaak toch even om de hoek van de kamer of mijn fantasie klopt met de werkelijkheid. Meestal wel.

Toen we in gezinsverband het telbesluit namen, dacht ik eigenlijk alleen aan dooien door ophanging of neerschieten. Dat was naïef. Na acht dagen bewust kijken weet ik dat het doodmaken minstens op vijftig verschillende manieren kan, variërend van vrolijk vergiftigen tot serieus in bad onder stroom zetten. Laatst bevroor er zelfs iemand in een ijskast, tussen de kaas en de kalkoen. In mijn notities heb ik toen de aantekening *Nieuw* gemaakt.

Natuurlijk gaan er in televisieseries ook mensen gewoon dood, het zou oneerlijk zijn dat niet te vermelden.

Bij iedere omroepvereniging heb ik tijdens mijn telweek ernstige ziekten of vergaande ouderdom zien toeslaan, vaak gevolgd door een keurige begrafenis. Het waren echter zeldzame stille momenten op een scherm vol lawaai, waar auto's die in ravijnen denderden en plezierboten die uit elkaar spatten ver in de meerderheid waren. Zie je dan ooit een treurend persoon die roept: 'We hadden 'm nog maar net?' Of een huilende nabestaande die waarschuwt: 'Jan zit er nog in?' Welnee. Meteen wordt de achtervolging ingezet en de mitrailleur gepakt. En daar zat ik en turfde door, de rij groeide onder de knallen uit pistolen en het gekerm van de slachtoffers.

Een week tellen heeft het resultaat opgeleverd van tweeduizend achthonderdvierenvijftig doden, waarbij ik moet zeggen dat het getal is opgefokt door twee cowboyfilms en een historische film. Ik stop er nu mee, hoewel ik u de tweeduizendachthonderdvijfenvijftigste, die zojuist in talloze niet meer te achterhalen stukken uiteenspatte, niet mag onthouden.

Is mijn onderzoek van één week nou representatief? Vast niet, daarvoor zou ik minstens nog een week moeten kijken en tellen.

Toch, ik begin er niet meer aan, want één zo'n week voor de televisie heeft me alle moed ontnomen om nog eens zo'n experiment te ondernemen. Ik deed het alleen omdat ik geregeld de theorie hoor dat we door het vele kijken naar gemaakte series afgestompt raken voor de realiteit van journaal en actualiteitenrubrieken, waarin echte mensen het slachtoffer zijn.

Kom nou, dacht ik, laat me niet lachen. Ik zou ze wel eens bewijzen dat het allemaal anders lag, zoals alles altijd anders ligt dan 'ze' zeggen. Dacht ik.

En ik keek een volle week lang van zeven tot elf, schakelde als een gek van het ene net naar het andere, zag alles wat er aan film of serie te zien was en telde intussen de kunstmatige doden.

Maar toen Brandpunt kwam met een reportage uit Cambodja, was ik moe, té moe voor de échte slachtoffers.

Ja, ik heb ze wel gezien, maar nee, ik heb ze niet geteld. Zoveel.

Vooroordeel

Vijf, zes jaar zal ik geweest zijn, ik zie het tafereel nog voor me. Er kwam een schaal op tafel, m'n moeder zette er de lepel in, zei iets in de trant van 'Hier word je groot en sterk van', en deponeerde een grauwgroene kwak op m'n bord. Ik schijn er lang naar gekeken te hebben, het beeld van die slijmerige berg groente staat in m'n geheugen gegrift.

M'n moeder zei 'Toe, neem nou een hapje', en m'n vader bromde 'Vooruit' en iemand duwde een lepel vol in m'n mond die ik uiteraard onmiddellijk terug spoog. En dat is toen een hele scène geworden. Zij: 'Als ze er nou niet van houdt...' Hij: 'De kinderen in China hebben honger.' Eenzaam lieten ze me achter. 'En je mag pas naar bed als je bord leeg is.'

M'n moeder is nog een keer komen kijken hoever ik was met het verorberen van die smerige prut. Ze stelde voor om te sjoemelen: 'En dan neem ik een hapje en dan neem jij een hapje,' uiteraard fluisterend, want vaders hadden het in die tijd voor het zeggen, en dat waren donderberen, vaders. Maar ik gaf niet toe en klemde mijn lippen vast op elkaar als het na haar hap mijn beurt was. Toen ze op die manier de helft van mijn portie op had, voelde ze zich beduveld en riep boos: 'Als jij dit niet opeet, laat ik je hier eeuwig zitten, al word je honderd!'

En dat vond ik best, ik wilde toch niet trouwen.

Tot half twaalf die avond is de situatie zo gebleven, ik met m'n volle bord aan die tafel. Toen wilden mijn ouders naar bed. Nooit, maar dan ook nooit heb ik sindsdien één hap van die gore troep gegeten: ik moest absoluut geen andijvie.

Tot die keer.

We aten bij vrienden die de Hollandse pot innig liefhebben. De borrel was dus een jonge, het zoutje een bak frisrode radijzen en het maal een pan pruttelend vlees, lekkere kruimige aardappelen en een schotel vers groen waarvan ik twee keer nam. En zoals dat gaat zeg je dan: 'O, o wat lekker, wat mag dat groen toch wel wezen?'

En de gastvrouw nam een nieuwe hap en mompelde met volle mond ongeïnteresseerd: 'Gewoon, andijvie.'

Nu ik dit overlees, krijg ik opnieuw de koude rillingen. 'Gewoon, andijvie,' zei ze, en wist niet dat ze met die woorden een van mijn verschrikkelijkste vooroordelen op de tocht zette.

Mijn hele leven lang had ik die struiken bij de groenteman zien liggen en niet genomen, mijn hele leven lang werd ik bij het woord andijvie al niet goed. Mijn hele leven lang heb ik dus andijviesla, andijviestamppot, andijviestoofpot en andijviecasseroles gemeden. Ook bij andijvie met kerrie en andijvie met kaas en andijviesoufflé en andijvie à la provence heb ik 'nee dank u' gezegd. En nooit heb ik andijvie gezaaid, terwijl de grootste zaaiklungel weet dat het een van de weinige groenten is die tegen de klippen op groeit. Ook dát nog.

Sindsdien eten we veel andijvie, sindsdien denk ik ook

extra na. Zou het niet kunnen zijn dat wat voor andijvie geldt, ook op mensen, dingen, situaties slaat? En zo piekerpeins ik maar een eind weg en kom tot hele wonderlijke conclusies.

Een heer met vest op peau-de-suède schoenen wordt toch al gauw een enge schuinsmarcheerder. En een kerel in spijkerpak met baard rookt hasj, is VPRO-lid, en hapt in zemelkoeken.

Een bh-loze tante zonder make-up heet links.

Een Schotse-rokkendraagster met parelketting rechts.

Aan succesfiguren zit een luchtje, of, zoals een moeder mij schreef: 'Dat zal allemaal wel via het bed gaan.'

En zo slachten we ze af: de vrouwen met gespoten kapsels, de kinderen in alternatieve kleding, de muziek die we niet begrijpen, de programma's die het ons te moeilijk maken.

Echt zéker zijn we natuurlijk niet van ons gelijk. Afgaande op wat uiterlijkheden, beweren we gewoon iets en geloven nog wat we zeggen ook.

Maar een hap van de andijvie hebben we niet geproefd.

Ik wel, toevallig. En zal ik u eens wat zeggen? Andijvie is gewoon lékker, naast de ouderwetse bloemkool, de burgerlijke peen, de zwoele peul en de rechttoe rechtaan sperzieboon, de knapverse hippe raapsteel, de stevige prei, de wulpse tomaat en de robuuste witte, groene, rooie en savooiekool. Ze horen er allemaal bij, plus de al dan niet bespoten sla, de ordinaire ui, de ijzerrijke spinazie en het spannende zeewier.

Om nog maar te zwijgen van postelein.

Wat de boer niet kent, lust-ie niet, zeggen ze.

Maar hoeveel boeren zijn er nog? Wat we dus beter kunnen doen is zelf op ontdekkingstocht gaan.

Stort u als PvdA'er eens in VVD-gezelschap, verkeer als links eens bij rechts.

Wandel ook eens wanneer u zich slechts per auto verplaatst, fiets eens wanneer u altijd bust.

Kijk ook naar een omroep die u bij voorbaat afwees: soms zenden ze iets uit waar u tot uw stomme verbazing geboeid door raakt. En lees eens een boek van een schrijver waar in uw kringen weinig goeds over gezegd wordt: wie weet ontdekt u nieuwe verten. Het ergste wat je kan overkomen is te leven in een wereld die eng begrensd wordt door vooroordelen, het meest trieste te belanden in een omgeving die je met paal en perk wordt opgedrongen. Spring eruit.

Op die pony dus in Slagharen, naar de schouwburg voor het Nationale Ballet, abonnee worden op het *Hollands Maandblad*. Breng die vakantie in vredesnaam een keer in Nederland door. En ga naar die protestdemonstratie: als ze zinnige dingen verkondigen hebt u er misschien een levenstaak bij. Zo niet, dan is dat óók een ervaring. Je kunt er pas over oordelen als je erbij was, zeggen ze toch. Nou gá dan, word lid, kijk en lees, koop en proef.

Actie dus. En geen gezeur verder.

Gezien deze nieuwe filosofie kocht ik vandaag voor het eerst van m'n leven een half dozijn oesters. Vertel me niets over oesters: snoepje voor de rijken, een must op oudejaarsavond, hulpmiddel voor impotenten, schuilplaats voor de parel.

Ik dacht aan al die babbels toen ik de eerste openmaakte, de oester eruit nam en met gesloten ogen in m'n mond stak.

In alle eerlijkheid geef ik u nu mijn reactie: 'Bah.'

Gewoon

Een paar honderd mensen waren naar de receptie gekomen, zij was de eerste die ik zag. Wegwezen, dacht ik. Maar het was te laat.

'Hallo jij,' riep ze vanachter een meute borrelaars die ze nog opzij moest duwen. Dat gaf me de tijd om te mompelen: 'Waarom trek ik toch zoveel vervelende mensen aan?'

'Omdat er zo weinig leuke zijn,' wist mijn man. Toen stond ze voor me.

'Te gek,' begon ze kwetterend, 'we hadden 't net over je, dat wil zeggen over je stukjes in de *Libelle*. Wat? O nou ja, de *Margriet*, wat maakt 't uit. En nou moet je me eens eerlijk antwoord geven: eet jij echt zoveel gehakt?'

'Ja hoor,' zei ik, m'n vaste antwoord als ik van een gesprek af wil komen. Maar dit keer werkte het niet.

'Néé,' lachte ze vals, 'niet jokken nu, want geregeld gehakt eten zoals wij, dat doe jij niet. Jij eet geregeld zalm en varkenshaasjes en rosbief en kreeft; alleen wil jij daar niet voor uitkomen. Jij schrijft over gehakt.'

'Ik hou niet van kreeft,' zei ik en keek jaloers naar mijn man die interessanter gezelschap had gevonden.

'Hè toe nou,' riep ze hard, zodat enkele gasten geschrokken opkeken. En toen zachter: 'Het siert je, hoor, dat je niet echt luxe wilt overkomen, maar ik en ontzettend veel vrouwen met mij stinken daar niet in. Wij weten wel beter!'

'Zo,' zei ik, 'interessant.' En hoopte dat ze een andere prooi zou ontdekken. Tevergeefs.

'Als je schrijft dat je met de stofzuiger in de weer bent geweest, dat je aardappelen hebt geschild en dat je de keuken hebt gedweild, moeten we dat zeker óók geloven,' vervolgde ze.

En opnieuw knikte ik instemmend. 'Wie zou het anders moeten doen?'

'Je personeel,' riep ze. 'Waarom verzwijg je je personeel?'

Het werd toen tijd voor korte metten, dus stelde ik: 'Ik héb geen personeel,' waarop zij zei: 'Maar dat gelóóf ik niet,' en ik opmerkte: 'Dat zal me dan een grote blote zorg zijn,' en zij vroeg: 'Maar als je gasten hebt en een diner geeft: hoe dóé je dat dan?'

'Wij geven nooit diners,' gaf ik haar als doodklap en probeerde mijn man het sein 'verlos me' te geven.

'Ja, nou je het zegt,' kwam ze sarcastisch. 'Ik herinner me iets over jullie zilveren bruiloft gelezen te hebben: je trakteerde je gasten op kapucijners, geloof ik.'

'Jazeker, met spek én augurken én gebakken uien,' vulde ik aan.

'En dat vonden al die bekende Nederlanders lekker zeker,' zei ze schamper.

En ik: 'Ja hoor. Gerard Cox nam twee keer en Liesbeth List ook.'

'O,' zei ze, en toen even niks, maar helaas weten mensen die zogenaamd namens 'velen' spreken niet van ophouden.

'Mies,' begon ze dus opnieuw, maar nu pissiger, 'mag

ik jou een goeie raad geven?' En zonder het antwoord af te wachten: 'Hou op met doen alsof je net zo iemand bent als ik of m'n buurvrouw, want zo iemand ben jij niet. Jij bent een artiest! Schrijf over de glitter en het applaus, over de sterren en de show, schrijf over geld en succes: schrijf over jóúw wereld.'

Gelukkig zag ik mijn man toen in mijn richting komen en zei: 'Oké meid, zeg maar wat je weten wilt.'

En in verwarring, maar hijgend, want dit was haar kans: 'Je kleren, wat heb je het laatst gekocht?'

'Een trui bij de HEMA.'

'Je lievelingsdrankje, dát willen de mensen weten.'

'Wijn. Albert Heijn heeft heel lekkere.'

'En welke bekende Nederlander heeft pas nog bij jullie gegeten?'

'Willem Ruis,' zei ik, 'mét z'n kinderen.'

'Willem Ruis!' herhaalde ze bijna kwijlend. 'Vertel, wat had je gemaakt?'

En naar waarheid antwoordde ik: 'Gehakt.'

Het was toen dat mijn man mij wegtrok, nog net hoorde ik haar laatste oprisping.

'Bah,' zei ze, 'wat gewóón!'

Vroeger

'Kerstmis vroeger, hoe was dat, ma?'

In mijn herinnering sla ik een album open dat niet bestaat, met foto's die nooit werden gemaakt, en zeg: 'Wit, Kerstmis was vroeger wit.'

Sneeuw in de nacht, als je in je goeie jas met fluwelen kraag en bijpassend hoedje naar de nachtmis wandelde, even voor twaalf was het; je had al een paar uur geslapen en rilde met je koude hand in de warme van je vader. Aardige dingen zei hij dan, die vader die anders zweeg. En in veel huizen brandde licht, dat scheen over de donkere weg, waarover je ging met zoveel mensen. Samen naar de kerk, ja gezellig.

Alle kaarsen van de wereld zouden branden en alle orgels spelen, gezichten vriendelijk kijken en jongenssopranen zuiver zingen, ik was daar zeker van, net zo zeker als van de sneeuw die plakte onder m'n lakschoenen en randen vormde om huizen en bomen, als op een Anton-Pieckkaart.

En als ik dan binnenkwam in dat gebouw, dat ik het jaar door plichtsgetrouw bezocht, maar dat ik nooit mooi of warm of vriendelijk vond, dan was dat opeens wél mooi en warm en vriendelijk, en dat voelde ik dan als het wonder van Kerstmis.

'Wat nog meer?'

M'n moeder ging nooit mee. Die wekte iedereen met zachte kerststem, maar bleef achter om ons, intens vroom terugkerend van het kerkelijk gebeuren, te verrassen met een welvoorziene kersttafel.

Ontbijten om halfdrie 's nachts, dát was wat.

Warme worstenbroodjes van die ene bakker in het zuiden van het land, waarvan het adres in december werd opgezocht, en ongewoon krentenbrood met iets extra's erin, dat niet echt lekker was, maar bij Kerstmis hoorde, dus beet je je door zo'n sneetje heen. En Engelse thee, dat was thee met melk, bekers vol dronk je; je werd er opnieuw slaperig van.

En in de hoek van de kamer stond een boom vol echt brandende kaarsjes.

Mijn vader zei dan tegen mijn moeder 'Je hebt toch wel gedacht aan...?' en dan knikte ze met haar hoofd in de richting van de twee emmers naast het buffet: een met zand uit de zandbak, een met water. Onder de boom stond het stalletje. Ik heb Maria nooit anders gekend dan met een stuk uit haar kin, drie schapenkoppen zaten klodderig vastgeplakt met alleslijm. In de loop der jaren raakten ook nog eens twee herders zoek, het strooien dak vatte in '42 vlam en de os werd vervangen door een gekleide koe van de handenarbeid.

Als nog lang niet alles op was, schaarden we ons om dat stalletje ongeregeld en zongen van herders die lagen te wachten en sterren uit den hoge.

En degene die het verst met de piano was, begeleidde dan gebrekkig. Eén jaar kwam de blokfluit erbij, want wie van ons heeft niet eens geprobeerd daar iets moois uit te krijgen? En ik herinner me ook een Kerstmis dat mijn broer zijn gitaar ter hand nam. Dat was jammer, lieten wij blijken, waarna hij woedend het sfeervolle vertrek verruilde voor zijn slaapkamer. Later zijn wij hem gaan troosten met een stuk kerstkrans, dat hij niet opat, omdat er van dat enge glimmende fruit op zat, dat nog steeds geen kind ter wereld door de keel krijgt.

'En de sneeuw?'

Die bleef vallen. Die viel als je weer naar je kamertje ging waar je moeder een dennentak achter het schilderij had gestoken, en die bleef maar vallen terwijl je in je warme bed droomde van alle mensen die goed waren.

Als je wakker werd, lag er een heel pak in de dakgoot en als je naar beneden ging en de keukendeur open probeerde te doen, moest je hard duwen, zodat er een halve cirkel op de stoep ontstond.

Sneeuwballen gooien, gingen we dan, en 'n sneeuwpop maken met cokeskooltjes als ogen en de bolhoed van je vader op z'n kop. Dat mocht niet, dat wist je ook, en het duurde dus maar even, maar dat even, tot je vader wakker werd, dat was grote pret.

'En verder?'

Tja, wat verder. Je maakte een wandeling met z'n allen naar niks, en je luisterde met z'n allen naar de radio, je deed met z'n allen een spelletje, waarbij je geen ruzie maakte, en dan ging je met z'n allen aan tafel. Mijn moeder had een tafellaken met geborduurde gaten dat alleen op 25 december tevoorschijn kwam. Daaronder legde ze rood crêpepapier en daarop kwam het goede servies. Mijn zusje huilde altijd zacht als er een herkenbaar gebraden beest werd binnengebracht. En mijn vader zette daar dan de vleesvork in en zei: 'Kinderen, wat hebben we het toch weer goed.'

'En bleef het sneeuwen?'

Ja, ik weet niet beter. Soms met dikke vlokken, die

zwart leken in de nacht, soms dun als regen, maar nat werd je er niet van. Iedere stap liet een spoor na, een goeie glijbaan maken kostte toch al gauw tien minuten.

Koud was het ook. Je had wel eens ijs aan je haren, en soms een witte dooie vinger, ondanks de bontwanten die je kreeg op sinterklaas.

En op de ondergelopen tennisbaan mocht je schaatsen voor een kwartje.

'Goh,' zei ze, 'leuk.'

En ik knikte, zag weer de opgezette hertenkop met een hulsttak in de bek aan de muur in het ouderlijk huis, en zei: 'Ja, vroeger was leuk.'

Warenhuis

Vraag tien bekende Nederlanders wat de tol is van de roem en negen komen met de schrijnende jammerklacht: 'Een warenhuis kan ik ook al niet meer in.'

Wat ze daar meemaken blijkt dan heel verschrikkelijk te zijn. Herkennend rukken de horden op, vormen opstoppingen, komen aan je, schreeuwen om een handtekening en schromen zelfs niet tot kussen over te gaan. Bovendien staren honderden ogen je aan. En wordt de hitte ondraaglijk.

Niet leuk dus allemaal, althans, dat zeggen negen van de tien bekende Nederlanders. En zij kunnen het weten.

Nu is er op iedere regel een uitzondering. En die uitzondering ben ik. Sterker nog: met de hand op mijn hart durf ik hier te verklaren dat ik per jaar minstens twintig keer een warenhuis van boven tot beneden doorkruis en tijdens zo'n bezoek zeker drie schappen vol goedkope truien doorwoel, van zes keurige rekken vol nachthemden een bende maak, me op de parfumerieafdeling uit iedere proeffles laat volspuiten, bij de accessoires lange oorbellen pas, en er altijd als de kippen bij ben wanneer een demonstratrice toastjes met een nieuw beleg, worst van buitenlandse afkomst of koekjes van ander deeg als proefvoer aanbiedt.

Ik heb dus óók recht van spreken, en wel sinds 1951. En dan komt mijn verhaal neer op honderden warenhuisbezoeken. En nog nooit ergens last van gehad, ik niet hoor!

Inderdaad. Had ik altijd een cowboyhoed opgehad en een zonnebril met nepglitter, en rondgewandeld op oranje lieslaarzen in een strak leren pak met een bontje om de nek, dan was het natuurlijk andere koek geweest.

Maar ik kleed me helemaal niet voor een bezoek aan een warenhuis, dat wil zeggen: ik heb wel iets aan, maar dat heeft niets om het lijf. Bovendien zakt mijn haar in de hitte. En bril op, bril af bij het bekijken van de prijskaartjes is evenmin een handeling die tot herkenning leidt. Mijn rug knakt ook door na een half uur gesjok en daarbij gaan mijn knieën ook nog eens in de x-stand, een heel lelijk gezicht is dat. Samenvattend kan ik wel stellen dat ik tijdens een bezoek aan een warenhuis totaal onherkenbaar word. En daar ben ik blij mee, dat vind ik fantastisch.

Vandaar dat de klap hard aankwam.

Want het gebeurde op een koopavond. Ik had een kwartier vrij tussen twee afspraken, dus hup, door de draaideur. Sta ik daar meteen tussen de tassen en zie opeens dé tas: een grote plastic joekel was het met een redelijke prijs, een tv-draaiboek past er ongevouwen in. Ik pak dus die tas, ga ermee naar de kassa, betaal en wacht tot een leuke eigentijdse meid mijn tas in een zak heeft gedaan. Dat duurt even, ze smiespelt met een andere leuke eigentijdse meid en samen kijken ze stiekem naar me en lachen wat. Ik lach terug, dat gaat zo een tijdje door, totdat ik ten slotte mijn zak met de tas erin krijg en mij zeer tevreden tussen twee wonderlijke schotten door richting draaideur begeef.

En dan breekt de hel los. Rode lichten flitsen, bellen

rinkelen en mensen stormen van alle kanten op me af. Brand, denk ik nog, en ik kijk in paniek om me heen. Maar niks brand. Warenhuisfunctionarissen staan opeens voor me en pakken mijn zak. Uit de zak halen ze eerst mijn betalingsbewijs en dan de nieuwe tas. En wat zien zij en ik? Aan mijn tas zit nog dat witte plastic plaatje, dat de leuke eigentijdse meid er zeker af had gehaald als ze niet zo gelachen had.

'Sorry,' zegt chef één beschroomd. 'Onze excuses,' mompelt chef twee en hij voegt er zachtjes 'mevrouw Bouwman' aan toe.

Maar daar heb ik weinig aan. Nagekeken door minstens honderd samengestroomde mensen sta ik even later klam van de zenuwen buiten en denk: je kunt als bekende Nederlander rustig een warenhuis ingaan, maar er rustig uitkomen, dát is andere koek.

Vraag

Het is prettig als je een televisieprogramma maakt waar veel mensen graag naar kijken. Maar wat is volgens televisiemaatstaven gerekend veel? Zes miljoen zeggen ze, en inderdaad, dat is niet niks. Alleen: kan íémand mij vertellen wat ik mij daarbij moet voorstellen?

Als ik op de dag voor Kerstmis naar de poelier ga, zie ik daar een tot de stoep opdringende rij, die ik toch wel een menigte zou willen noemen. En een uitverkocht Carré, zoals bij Toon Hermans' *Onemanshow*, is een ruimte met een massa mensen erin. Een tot de nok toe gevuld Feyenoordstadion slaat daarbij vergeleken alles; 60.000 levende wezens vrijwillig opeengepakt, je houdt het niet voor mogelijk. Niet zo vreemd daarom, dat ik voor iedere televisie-uitzending van *In de Hoofdrol* steeds behoorlijk de zenuwen had, wetend dat honderd volle Feyenoordstadions klaar zaten om naar mijn spektakel te komen kijken.

Wat ik nou wel eens zou willen vragen aan de Henny's, de Jossen, de Andrés en de Ronnen, allemaal tv-figuren die ook goed zijn voor zo'n zes miljoen, is: vinden jullie het moment vlak voordat je op moet ook het ergst?

Want dan word je toegesproken door de goedbedoelenden...

De schminkster: 'O gottegot, het zweet breekt nu al uit.'

De floormanager: 'Een fantastisch publiek heb je, aan de zaal zal het niet liggen.'

De kapper: 'Wacht even, er ligt weer een kruin bloot.'

De gast: 'Hoe gaat het met uw moeder, we woonden in 1948 naast elkaar en...'

De toneelmeester: 'Moet de deur nu dicht na ieder koorlid of blijft-ie open?'

De AVRO-gastvrouw: 'Mag ik even, je kraag zit van achteren niet goed.'

De producer: 'De vrouw van de zoon is niet meegekomen en de jeugdvriend heet niet Van der Heiden maar Vermeyden, kun je dat onthouden?'

De geluidstechnicus: 'Niet te dicht bij je mond hè, die microfoon!'

De perschef: 'Alle bladen zijn er weer, en de *Nieuwe Revu*.'

De productieassistente: 'Kom 's, je rok hangt ongelijk.'

Een verdwaalde bezoeker: 'Wat is hier aan de hand; u lijkt Mies Bouwman wel.'

De floormanager: 'Wat ons betreft kunnen we.'

De kapper: 'Nog even die piek, wat is er vanavond met je haar!'

En weer de schminkster: 'Nu heb je de lippenstift er óók nog afgehapt.'

Dan klinkt de bekende tune en fluistert de Hoofdrolgast: 'Moeten we die enge trap af?'

'Ja,' antwoord je geslagen. En je denkt iedere keer weer: waarom dóé ik dit toch?

Oké, tot zover voor de collega's niets nieuws. Maar dan ga je op. Het applaus barst los en de warmte komt je tegemoet. 'Goeienavond,' zeg je en je lacht onzeker. Maar ze lachen terug. En steeds weer is op dat moment het antwoord gegeven op die paniekerige vraag van even daarvoor, steeds weer weet je het dan weer héél zeker: omdat het zo ontzettend léúk is.

Wat ik nou wel eens zou willen weten, Henny, Jos, André en Ron: hebben jullie dat nou óók?

Vluchtelingen

Ik zat voor het scherm en keek naar een aardig televisieprogramma. Echt goed was het niet, maar wat is tegenwoordig nog écht goed; films, toneel, cabaret, het mag in de krant als je huilt van het lachen of smelt van emotie. Eens gebeurde dat geregeld, maar eens is lang geleden.

Ik zat dus voor het scherm en keek naar dat best aardige programma. Op tafel stond een drankje, daarnaast een bakje lekkers, m'n voeten waren bloot en m'n hoofd leeg en buiten sluimerde de zomeravond, fantastisch stil. En overal wist ik mijn gezin, ik hoorde ze wel maar zag ze niet en dat kan soms best prettig zijn.

Ik had het dus goed en was gelukkig.

Toen, zonder waarschuwing, verscheen opeens een bootvluchteling op het scherm. Geen omroepster die hem had aangekondigd, geen moeilijke spreker die hem had ingeleid. Ik had het idee dat ik hem al eens eerder had gezien, gisteren, eergisteren?

Of was het familie, z'n broer misschien? Vooraan op 'n bootje zat hij, omgeven door tientallen anderen die zwijgend de rest van het beeld vulden. En hij keek me aan.

Het is onzin nu te beweren dat zijn blik verwijtend was of wanhopig, verdrietig of kwaad, ik weet absoluut niet wat er in die blik zat. Maar aankijken bleef hij me en daar kon ik niet goed tegen.

Ergens in een opvangcentrum ziet een door Nederland opgevangen bootvluchteling nu ook die man, dacht ik. Die zit daar onwennig te kijken naar een apparaat dat hem vreemd is en daarop verschijnen opeens zijn lotgenoten, nog steeds doelloos ronddobberend op die verre zee. Ook dat moet moeilijk te verwerken zijn. Na weken of maanden van ellende word je bij toeval opgepikt door mensen van wie je het bestaan niet vermoedde, en vervoerd naar een land waarvan je nog nooit hoorde, en dat gebeurde allemaal snel, want bagage had je niet en inspraak evenmin.

In een vliegtuig werd je gezet en uren door de lucht vervoerd om ten slotte gedropt te worden tussen vriendelijke blekerds, die op je stonden te wachten met bekers koffie verkeerd en tafels vol oude kleren. En toen je wat geknikt had en geglimlacht en alle formaliteiten over je heen had laten gaan, namen ze je verder mee en brachten je naar een huis dat voorlopig het jouwe zou zijn.

En daar zit je dan, op een eigentijds Nederlands meubel onder een hangplant en ze presenteren je van alles en verzorgen je liefdevol. En in de hoek van de kamer staat de televisie. En daarop komt dan die man op die boot, en die kijkt je aan.

Daar dacht ik aan, zittend voor m'n scherm op die mooie zomeravond, die zonder problemen leek: aan die bootvluchtelingen híér. Ze krijgen de kleren die we niet meer dragen en ons diepe medegevoel dat we altijd voorhanden hebben bij catastrofes, en in ons simpelste Engels vragen we ze 'where do you come from' en, als ze ons al verstaan, zullen ze antwoorden 'Vietnam' en dat antwoord zegt ons dan niets. Want Vietnam, laten we eerlijk wezen, wat weten we ervan? En tijd om ons erin te verdiepen hebben we helaas niet, 'no sorry, busy, busy'.

Maar kómen mogen ze, natuurlijk mogen ze komen, want wij zijn een gastvrij land.

Over een paar maanden zullen ze al 'roomboter' zeggen en 'potverdomme', lachen om André van Duin, de gordijnen dichtdoen als het avond wordt, zwaaien naar Sinterklaas. De kinderen zullen fietsen, de vrouwen aardappels koken en de mannen weten dat het hier beter is dan daar, hoewel geen paradijs.

Maar over een jaar, als er hier 3000 of 5000 of misschien wel 10.000 zullen zijn en kleine Vietnameesjes met onze kinderen op school zitten, Vietnamese vaders onze straten en wc's schoonmaken en Vietnamese moeders, als ze geluk hebben, voor de tweede keer bij de buren mogen komen, dán zullen er opeens mensen zijn die vinden dat er toch wel erg veel Vietnamezen in Nederland zijn, terwijl wij zelf al genoeg te stellen hebben met woningnood, werkloosheid en economische ellende. Maar aan die mensen moeten we nu maar even niet denken.

Dan kan het overigens best gebeuren dat we wéér op een zomeravond met een drankje en een hapje voor de televisie zitten en opeens op ons scherm een Cambodjaan zien of een Peruaan, een Balinees misschien, wie kan zeggen waar de ellende de volgende keer toeslaat.

En die man kijkt je dan wéér aan.

Had je hem al niet eens eerder gezien, gisteren, eergisteren? Of was het familie, een broer misschien?

En opnieuw is de avond niet meer wat-ie was en opnieuw is daar dat gevoel: schuld, medelijden, geef het maar een naam. En je maakt iets over op een gironummer en staat van harte achter iedere actie die hulp ter plekke biedt of mensen laat overkomen, waarvandaan dan ook.

Waarom dacht ik toen opeens aan een heel ander land, een totaal nieuw en tot nu toe niet bestaand land, ergens op de wereld? Groot moet het zijn en goed en vol met de meest fantastische mogelijkheden voor mensen die niet meer weten waar te gaan. Er zouden huizen moeten zijn en scholen en warmte zou er moeten zijn en veiligheid ook, vooral veiligheid en dit keer zou niet Mozes alle ontheemden daarnaartoe moeten leiden, maar onze internationale solidariteit. En daar, op die plek die ergens op de wereld te vinden moet zijn, dáár zouden ze eindelijk een kans moeten krijgen zonder 'dank je wel' te hoeven zeggen, een éérlijke kans op een menswaardig bestaan. Daar dacht ik aan, kijkend naar het scherm waarop een nieuwe komische serie was begonnen.

In de opvangcentra in Harlingen, Terneuzen en Lunteren zullen de mensen lief zijn voor de bootvluchtelingen en wij, die daar niet wonen, zullen blijven storten op het gironummer en hopen dat nog vele lotgenoten eens bij ons in de regen een nieuwe bestemming vinden.

En met die hoop en die gift doen we niks slechts. Want ze hebben het hier allicht beter, zeg nou zelf. En wie niks heeft, kan niks verliezen, zo is het toch? En als ze zich een beetje aanpassen, komt 't allemaal best goed, waar of niet?

Ik begon me bij die gedachten weer wat beter te voelen en keek met interesse naar het Journaal, waarin werd meegedeeld dat de regering had besloten meer Vietnamese vluchtelingen in Nederland toe te laten. Prima vond ik dat, we lieten ons weer eens van onze goeie kant kennen, net zoals toen met de Surinamers, de Turken, de Chilenen.

Alleen spookte er een vraag door mijn hoofd: hoe lang blijven we dit keer aardig?

Rozen

Misschien heeft u het bericht gemist, maar dat doet niks af aan de ernst van de zaak: er is een roos zonder doornen. Ja, verschrikkelijk, inderdaad.

Sla zonder luis is voor mij nog steeds geen échte sla, een appeltje zonder wurm geen lekker appeltje. Alle beesten die ik als kind leerde kennen en in mijn groenten vond, zijn verdwenen. En dan zwijg ik nog over de bleke tomaat en de vale sinaasappel die vroeger de vitaminen binnenbrachten.

Ze zijn er niet meer, de slakken en de torren, de vliegjes en de luizen; behalve in de ontwikkelingslanden, roepen wat kenners driftig.

Maar om daar nou naartoe te gaan, alleen voor dit jeugdsentiment?

Wat doen ze toch allemaal?

Vorige week ontdekte ik een pad in de tuin, een kleintje, maar toch, een pad. Ik heb iedereen geroepen om te kijken, want padden zijn zeldzaam en hier had je er nog een.

Hij nam een sprongetje en dat vonden we aardig, hij nam er nog een paar en was toen verdwenen in de struiken. En dat was de pad. Ik ben benieuwd of ik er van m'n leven ooit nog een zal zien.

Er stond ook iets lieflijks te bloeien in mijn tuin, roze-lila kelkjes aan een lange steel.

'Een wilde orchidee, dat is bijzonder,' zei een geschoolde kennis.

'Waarom bijzonder?' vroeg ik tussen het hoge gras.

'Omdat die hier tegenwoordig nog maar zelden voorkomen,' was het antwoord.

'Vroeger dan wel?'

'Ja, vroeger heel veel.'

Zoals de slakken op de aardbeien en de oorwurm op de dahlia, de aardvlo op de bonenaanplant en de ooievaar op het nest.

En daar zitten we nu, in ons spinloze huis met onze insectenvrije bloemkool, een schaal vol onaangetaste peren op tafel en binnenkort de doornloze roos in een vaasje.

En dat laatste dan dank zij een 48-jarige Duitse spoorwegbeambte uit Seppenrade; ik wil de naam van de gek niet eens weten. Al zijn vrije tijd heeft hij twintig jaar lang aan dit stomme doel besteed, maar liefst zevenhonderd rozenkruisingen bracht hij in die periode tot stand. Wat moet je tegen zo'n man nog zeggen?

Een liefbebberij? 't Zal wel.

Maar ik wil toevallig geen roos zónder, ik wil een roos mét. De was was vroeger witter, de KRO katholieker, de melk vetter, het verkeer veiliger, gevulde koeken gevulder, het volk eensgezinder, de wereld rustiger, en ga zo maar door.

Ik weet het allemaal en leg me erbij neer.

Maar een roos zonder doornen, dat is ongeveer het einde. Want een roos is een roos is een roos.

En daar moet je van afblijven, meneer de spoorwegbeambte. Dr. Kurt Jeremias, ook al een Duitser maar dan van een andere instelling, zegt: 'Ga zitten naast een bos sterk geurende rozen en voel hoe je constitutie verbetert en je verlangen naar liefde groeit.'

Dat is andere koek, na twintig of meer jaren studeren.

Maar weet die Seppenradese malloot veel. De industrie zal zich wel gauw op hem storten en kassen vol zullen er van zijn nieuwe product worden gekweekt. Van een eenvoudig spoorwegbeambte zal hij uitgroeien tot succesvol zakenman die nog meer uren kan besteden aan het kruisen en enten van rozen. Totdat de roos zonder doornen, zonder kleur, zonder geur is ontstaan.

Later, veel later, zal ik mijn kleinkinderen op mijn bejaardenflatje vertellen over lang geleden, toen de klimmende Flaming Sunset in de buurt veel bekijks trok, ik zal proberen ze de ijverige Red Gold te beschrijven die met bloeien van geen ophouden wist en ik zal de grote bossen baccara's zeker noemen die ik van hun grootvader kreeg op mijn verjaardag, evenveel rozen als jaren, je haalde er je handen goed aan open.

Ze zullen wel naar me luisteren, denk ik, maar me waarschijnlijk niet begrijpen en me wat meewarig aankijken met hun bosje doornloze rozen in de hand en zeggen: 'Hier, oma, nummer 127, voor jou.'

Want dat vergat ik nog te vertellen: die nieuwe roos heet nummer 127.

Ik kan wel janken.

Marine

Nooit heb ik me ook maar één seconde opgewonden over de vrouw tussen mannen op het werk. Bij Verkade niet, bij de televisie niet, op het postkantoor niet, nergens. Alle secretaressen van zich druk makende heren hebben dan ook mijn zegen. En stewardessen die met aantrekkelijke piloten naar het Verre Oosten vliegen ook. Pedicures mogen van mij tot in lengte van dagen pijnlijke voeten verzorgen. En een vrouw in een kabinet vol driedelige pakken is ook nooit weg. Doktoren en verpleegsters, agenten met vrouwelijke collega's, onderwijzers samen met onderwijzeressen, en kassiers en kassières: de gewoonste zaak van de wereld, toch?

Vandaar dat ik mij totaal niet druk maakte over het feit dat de vrouwen in de marine ook gingen varen. Ik dacht eerlijk gezegd dat er naast de Jannen allang Jannekes op zee zaten. Maar kennelijk niet en nu wel, dus: goede vaart en behouden aankomst, zou ik zeggen. En dat was dan weer dat.

Nou, vergeet 't maar.

Nadat de voorpagina's van de kranten en daarna de ingezonden-brievenrubrieken er bol van hadden gestaan, vrouwen van marinemannen bij Sonja Barend uithuilden en een actiegroep 'Vrouwen tegen gemengd varen' werd opgericht, bereiken mij nu nog brieven die qua opwinding variëren van: 'Erg hè, Mies?' tot: 'Wanneer schrijf jij eens over die wantoestanden op zee?'

En ik dacht: ja, kom nou! Een mens wil zich vandaag de dag heus wel opwinden, maar dan toch liever over de échte ellende in de wereld. Bovendien voelde ik mij totaal niet bij het probleem betrokken, ook al zong ik lang geleden samen met Tom Manders enthousiast 'Bij de marine'. Geen antwoord dus aan die brievenschrijfsters, geen stukje ook over het vermeende Yab Yum op zee.

Maar toen kreeg ik een uitnodiging: ik mocht een dagje meevaren op een van Hare Majesteits kruisers. En dát was een ervaring!

Want zo'n schip lijkt groot, maar je kunt er de kont niet keren of je zit klem tussen een brandblusapparaat en een raket. En zo'n schip lijkt vanaf de wal schaars bevolkt, maar blijkt vanbinnen een mierenhoop. Overal zijn bezige Jannen; wie er geen wil zien of horen, moet ogen sluiten en oren dichtstoppen.

Toch: *Gelegenheid te over* las ik. Maar waar dan? Voor zover ik heb kunnen waarnemen, is er geen meter ongebruikt op zo'n schip; overal machines, apparatuur, slangen en buizen. En wanneer? Want ze werken hard bij de marine en vallen bekaf in de kooi als de uren erop zitten.

'Aha, de kooi!' hoor ik u zeggen. Inderdaad, kooien zijn er, zes, vier of twee bij elkaar in een uiterst kleine ruimte, alleen de kapitein heeft een hut voor zichzelf. Maar over hem hebben we het toch niet?

Als plotselinge deskundige kan ik dus iedere thuisblijvende marinevrouw verzekeren dat, ook al zouden ze het willen, de marine geen gelegenheid biedt voor wat dan ook, behalve varen. Hoewel: op die halve meter naast de ankerketting, onder de strijkmachine in de washut, in de koker van het afweergeschut en direct onder de ronddraaiende radar zóú het misschien kunnen, het kan natuurlijk altijd.

Maar waar niet?

Spruitjes

Wanneer achteneenhalf duizend mensen op één avond naar de Rotterdamse Ahoy komen, daar uren voor aanvang in dolle pret aanwezig zijn, de televisie ook present is met maar liefst acht camera's, en schijnwerpers en laserstralen over de hoofden flitsen, Vanessa, Peter Post, Freek de Jonge en tientallen andere vaderlandse beroemdheden door gejuich begeleid de stoelen op de eerste rijen innemen en de menigte, tot superhoge spanning verhit, ten slotte massaal de naam van de man voor wie ze gekomen zijn roept, dan, ja dán hebben we te maken met het unieke verschijnsel waarvan ik in Nederland niet zo gauw een ander voorbeeld ken: de ster, het idool, de lieveling van jong en oud treedt op.

En zijn naam is Lee Towers.

Omdat ik hem die gedenkwaardige avond mocht aankondigen, was ik tijdig aanwezig. Want mijn tekst werd door drums begeleid, ik moest dus even repeteren. Was ik tot in de nok van Ahoy te horen, moest het sneller of juist langzamer, klonk ik enthousiast genoeg? De onzekerheid blijft mijn beste vriend.

Maar ik hoefde mij geen zorgen te maken. 'Fantastisch,' zei Lee, waarop ik mij gerustgesteld terugtrok om me te verkleden in iets dat een 'gala of the year' waardig was.

Er restte toen nog een uur voor aanvang en ik kreeg honger. Afgaande op een warme etenslucht kwam ik terecht bij ketels vol voedsel, waaruit twee borden werden klaargemaakt: een voor mij en een voor mijn man.

'Spruitjes of andijvie?' vroeg de opschepper.

Ik nam op het ene bord spruiten en op het andere andijvie, en piepers en een kalfslap op allebei, en liep er voorzichtig mee door de lange gangen, op zoek naar mijn kleedkamer die ik op een gegeven moment zonder morsen dacht gevonden te hebben. Maar die bleek van Lee Towers.

Eenzaam op een bank zittend keek de ster van de avond hongerig naar de dampende borden en zei: 'Hé, lekker! Mag ik de andijvie?' Waarop ik, ook geen krent, antwoordde: 'Ja natuurlijk,' en we aanvielen, lachten en kletsten, en alles tot de laatste snipper groen opaten.

'Dat jij niet van spruitjes houdt,' zei ik, terwijl ik gehaast de vaat opstapelde en aan vertrekken dacht, want ergens zat mijn man hongerig te wachten.

En wat antwoordde Lee Towers? 'Ik ben er dol op, Mies, maar voor een optreden eet ik ze niet: je gaat er ontzettend van boeren.'

Ik keek hem verbijsterd aan en liet meteen de eerste, maar tijd voor 'sorry' was er niet, want daar kwam nummer twee en op weg naar mijn kleedkamer zette de boerlitanie zich voort. Ik boerde wat af die avond! Radeloos boerend begaf ik me ten slotte tussen het publiek en belandde bij mijn microfoon.

Toen was het zover.

Terwijl het zweet in mijn nek stond, begon ik met: 'Vanavond in Rotterdam, de stad waar hij woont, de stad waar hij van houdt, de man die...' enzovoort, enzovoort, anderhalve minuut lang, met als slotzin: 'De man met die lach, die uitstraling, die stém: Léé Tówers.'

Waarna de acht en een half duizend fans de tent afbraken: de avond kon niet meer kapot.

Tevreden maar uitgeput zeeg ik neer op de voor mij gereserveerde stoel: ik had het gehááld!

De boer die ik daarop liet, ging in het gejoel verloren.

Moederdag

Ben ik de enige moeder die Moederdag een rare en vooral onverdiende dag vindt? Nee? Waarom kappen we er dan niet mee?

Iemand of iets kreeg eens het onzalige idee de tweede zondag in mei dat stempel te geven, maar wanneer dat was, ben ik vergeten. Lang geleden was het niet, want ik herinner me nog een jeugd zónder, waarin ik op willekeurige dagen paardenbloemen en madeliefjes voor haar plukte. Ook deed ik spontaan wel eens buitengewoon vervelende karweitjes, zoals m'n kamertje opruimen en helpen afwassen. Verschillende keren heb ik zelfs álle postelein opgegeten zonder een krimp te geven. En van bijna al mijn zakgeld kocht ik op verjaardagen iets heel moois voor haar. Al die lelijke dingen heeft ze nu nóg op een zichtbare plaats in haar bejaardenflat staan. Dus ik bedoel maar: mijn moeder was en is heel lief. Maar niet speciaal op de tweede zondag in mei.

Toen de jaren kwamen waarin ik zelf moeder werd, heb ik pas goed gemerkt hoe stom de buitenwereld je die titel opdringt en hoe fantasieloos ze je kinderen daarmee lastigvallen. Want in plaats van de tekening waarop een niet te herkennen paard met vijf poten stond, kreeg ik van onze bewaarschoolklant opeens een duffe prikkaart met huisje en boompje. Van de meterslange punnikstrengen zonder punnikfouten werd ik ook intens verdrietig, mijn kinderen baalden thuis al na vijf centimeter. En dan die gedichten, veel te vroeg op de bewuste dag naast je bed opgedreund: 'Moedertje is aardig, Staat altijd voor ons klaar, Zij is wel een uit duizend, Zij leve honderd jaar.'

Vreselijk toch, je herkent je eigen kind alleen nog aan de pyjama. En je geneert je kapot.

Allereerst omdat ze op iedere andere dag geiniger zijn, beter thee zetten en normaler spreken.

Ten tweede omdat het moederschap een cadeautje is waar je levenslang van geniet, dat wil zeggen: héél vaak.

En ten derde omdat tijdens de jaarlijkse huldiging de vader van het kwartet voor spek en bonen naast je in het echtelijke bed ligt, terwijl hij er toch wel íéts mee te maken heeft. Tot hij door zijn rug ging, deed-ie 'hop paardje hop' met ze, voor het slapengaan vertelde hij véél spannender verhalen, zijn kooksels zonder recept gingen altijd op, en de vijf benen van het paard telde hij niet, een heel mooi paard vond hij het.

Maar niks geen 'Hij staat altijd voor ons klaar, Hij leve honderd jaar'. Terwijl wij dat toch wel mogen hopen.

Ja ik weet het, ieder jaar probeert de buitenwacht er nog een vaderdag doorheen te drukken ook, maar echt lukken wil het niet, waarschijnlijk omdat vaders de onzin sneller doorhadden en zeiden: 'Laat toch zitten, die flauwekul.'

Vandaar mijn oproep, moeders: zullen we er maar eens een eind aan maken? Weg dus met het afgedwongen bloemetje, het stukje zeep en het doosje rumbonen op de tweede zondag in mei, en lang leve de spontane dikke pakkerd als ze je zomaar eens zien, of de kleffe appeltaart als dank voor de gewassen was. Want dat is toch zeker zo lief en leuk, en oprechter ook? Helaas, voor veranderingen is het dit jaar te laat.

Hè, ik ben tóch benieuwd of ze er wéér aan denken.

Onthulling

Let op, vrouwen, dit is de grote dag, want hier komen ze eindelijk: de schoonheidsgeheimen van Mies.

Ik weet het, ik heb dit moment te lang uitgesteld en als een regelrechte krent álle trucs die mij zo bloedmooi maken lange tijd voor mij gehouden. Maar verplaatst u zich even in mijn positie: voor je het weet is Nederland vergeven van de schoonheden en sorry, dat was niet mijn streven.

Jarenlang heb ik me dan ook uitstekend gevoeld wanneer mij gevraagd werd naar het geheim van mijn schoonheid, spannend geglimlacht heb ik, en link gezwegen. Maar helaas, het lachen is me vergaan en het zwijgen heeft geen zin meer, sinds iedere troelala die een beetje bekend is in tijdschrift, krant en boek onthult hoe je net zo kunt worden als zij. De gevolgen bleven dus niet uit. Wie ogen in z'n hoofd heeft ziet per dag minstens zesendertig Willeke van Ammelrooys zonder roos en vijfendertig Adèle Bloemendaals zonder gein. Voeg daarbij de boeken van Jane Fonda en Alexis uit *Dynasty* die onthullen hoe je je van oorlel tot grote teen moet verzorgen, en u begrijpt waarom ik denk: vooruit, Mies, vertel het ze nou, want de rest is maar behelpen: jíj hebt het recept.

Voor schoonheid.

Voor aantrekkelijkheid.

Voor dat onweerstaanbare iets dat mannen in rotten van tien lamlegt.

Vandaar dat vandaag dé dag is, vandaar dat ik nu exclusief aan u ga onthullen hoe u een adembenemende schoonheid kunt worden, en blíjven, net als ik.

Goed, hier komen mijn tien tips.

1: En meteen de allerbelangrijkste: wás u 's morgens. Ik begrijp dat u daar tegenop ziet en om eerlijk te zijn: ik heb het de eerste keer ook met moeite verwerkt. Toch, er is geen ontkomen aan en wie volhoudt ziet al snel resultaat: het vuil verdwijnt. Patricia Paay adviseert koud water en boenen, maar persoonlijk zet ik daar een vraagteken bij. Met lauw water gaat het ook en je schrikt je minder kapot.

2: Ochtendgymnastiek. Ook hier moet ik een kanttekening maken: overdrijf het niet. Een omhoog gegooid been is oké en één keer per dag met je handje zwaaien naar je partner lijkt me ook niet uit den boze. Maar daar zou ik het bij laten. Naar het plafond kijken en daarna naar je knieën kan geen kwaad en is goed voor de nekspieren, maar daarna gauw de blik op iets leukers gericht want de dag moet nog beginnen.

3: Ontbijt: doen we niet.

4: Honger: voelen we niet.

5: Het kopje koffie van tien en elf uur met koek en gebak: vertellen we niet.

Komen we bij tip 6: De make-up, en daar heb ik het moeilijk mee. Want weet ik veel wie u bent en wie uw leveranciers zijn? Als de bakker swingend is, de slager te gek en de groenteman ook niet gering, zou ik zeggen: blauw op de ogen en gloss op de lippen. Zijn ze daarentegen uitstekend dienstverlenend maar rijp voor de VUT, dan adviseer ik: geef de huid rust en wacht op de dag dat de zoon de zaak overneemt.

7: Het haar. Daar kunnen we kort over zijn, want kort is de mode. Haal er onbevangen een hand doorheen en als het niet anders kan, een kam, en laat ze verder wapperen in de wind. Inderdaad: jammer van de dure kappersbeurt, maar bouwvakkers willen er wel voor fluiten. Helaas zijn er nog maar weinig bouwvakkers. Maar dat is een ander onderwerp.

8: Massage: hier één aantekening. Je kunt zowel de tenen krommen als de vingers hoorbaar knakken bij het kijken naar televisie. Veel kijken, altijd kijken, is dus goed voor de gewrichten, en dáárvoor alleen. Het krampachtig strekken van het lichaam bij het ontvangen van een nieuwe belastingaanslag verdient trouwens ook aanbeveling. Onderga dat niet ontspannen, want de verkramping is goed voor de rug.

In dit verband nog een kleine aanvulling: het 'oh' en 'ah' roepen bij het lezen van *Story*, *Weekend* en *Privé* is uitstekend voor de wangspieren. 'Bah' geeft ook een mooi resultaat.

9: Ontspannen. Dit is het moeilijkste advies, maar de basis van alles. Blijven lachen dus, het voorkomt plooien bij de mondhoeken.

10: De laatste tip van de reeks: vraag nooit aan uw spiegel aan de wand wie de schoonste is in het land. Want dat heb ik jarenlang gedaan. En weet u wat ik te horen kreeg?

'Er zijn nog veertien miljoen wachtenden voor u!'

Chique

Het gebeurde in het chique Amstelhotel, tijdens een avond ten bate van het Wereldnatuurfonds.

Iedereen in gala natuurlijk, op de grond dus vrij snel veel losgeraakte pailletten. En alle heren in smoking, die met de bladen vol champagne waren obers.

Herauten met trompetten verwelkomden de gasten buiten, kroonluchters schitterden binnen, mannenborsten kraakten onder de ridderordes, vrienden spraken elkaar aan met 'lieve' en 'amice'. En ik stond ertussen en keek als een boertje van buuten m'n ogen uit, net als die eerste keer in de jaren vijftig, toen de beroemde Parijse couturier Jacques Fath op diezelfde plek zijn bejubelde collectie toonde. Ik werd toen gevraagd als ladyspeaker, een belachelijke benaming die nog steeds wordt gebruikt voor iemand die bij het begin van de show goeiemiddag zegt, de naam van iedere opkomende mannequin noemt en na de bruid vertelt dat de show is afgelopen. Toch vond ik het een hele eer, niet zozeer vanwege Jacques Fath (want daar had ik nog nooit van gehoord), maar om binnen te mogen komen in dat chique Amstelhotel, dat geregeld onderdak bood aan ministers, staatshoofden, keizers en koningen. Absoluut een dag om te vieren, vond ik, en dat heb ik met mijn man ook gedaan. Tot na middernacht zijn we doorgezakt in *De vette hap bij de magere brug*, de lekkerste en vooral betaalbaarste plek die we toen kenden.

Zo schoot ik vol herinneringen op die avond vol pracht en praal in het chique Amstelhotel en rondkijkend wist ik: er is niets veranderd, alleen met mij is iets gebeurd. Want toen ging ik in geleende kleren van vriendinnen naar binnen, nu in een eigen Govers. En toen kwam ik lopend, nu met de auto. Blush op de wangen had ik trouwens toen nog van mezelf. En mijn haren waste ik in de wasbak, terwijl ik nu bij de kapper was en zei: 'Doe het alsjeblieft zo dat het de héle avond goed zit.'

Nu bleek de héle avond wel een erg lánge avond, zodat ik mij op een gegeven moment naar het chique toilet begaf om te kijken of ik er nog wel chic genoeg uitzag. En daar trof ik een vrouw die mij zo eng aankeek dat ik snel achter een van de deuren verdween en daar bleef tot ik dacht dat ze weg was. Helaas, toen ik weer tevoorschijn kwam, stond ze er nog en staarde me weer aan.

Ik waste dus in stilte mijn handen, droogde ze af en begon behoorlijk nerveus mijn haar te fatsoeneren.

Toen gebeurde het.

'Niet doen!' riep ze en voordat ik het wist, zaten haar handen op mijn hoofd en maalden de hele gekapte handel tot een puinhoop. Als een gek gingen die handen tekeer, en toen ik ten slotte in de spiegel keek, zag ik een ragebol waar zelfs de Dolly Dots zich voor zouden schamen.

'Zeg, kap ermee!' riep ik, terwijl ik haar van me af duwde en trillend met de kam aan de renovatie begon.

En in het chique toilet van het chique Amstelhotel

zei ze toen de volgende onchique zin: ‘Oké, mens, hou dan die truttenkop.’

Freek

Het konijn is dood.

Natuurlijk, er zijn ergere dingen en we hebben er nog twee. Maar toch, het konijn is dood.

Ze was er een van het duo Bram en Freek. Mannennamen voor dames, ja, maar we hebben daar geen punt van gemaakt, want toen we ze kregen, moesten we meteen lachen.

Vandaar.

Nu is Freek dood.

Toen de dochter ons kwam vertellen dat ze er zo slecht uitzag, hebben we niet meteen maatregelen getroffen. Dat vind ik bij nader inzien wel een misser. Maar wie heeft ooit een konijn ontmoet dat er slecht uitzag?

We zijn gaan kijken, dat wel. En daar zat ze, ineengedoken in het stro, met droeve ogen, vol schokbewegingen. Haar vel glansde niet, het voer was onaangetast.

'Een beetje melk misschien,' zei ik.

'Morgen is ze vast weer de oude,' hoopte een ander.

Maar de volgende dag schokte ze nog steeds. Toen hebben we de dokter gebeld.

Hij vroeg of we wilden beschrijven wat er aan de hand was. En onze dochter zei: 'Ze is ziek.'

In een mandje hebben we haar mee naar het spreekuur genomen. Daar moesten we wachten, samen met een hoestende herder, een happende siamees en een door de motten aangetaste hamster. Een teckel met een slepende poot zorgde voor enige ontspanning.

Maar ons konijn bleef schokken.

'Longontsteking,' stelde de dokter vast toen we Freek op de behandeltafel hadden uitgespreid en ze was beluisterd. En hij gaf haar penicilline.

Of we haar maar binnen wilden houden, goed warm en vooral rustig.

Het werd de eetkamer. Daar hebben we haar hok tussen de tafel en de piano gezet met *Het Parool* op het tapijt eronder. En iedereen kreeg de instructie vooral stil te zijn. Het werd de eerste rustige maaltijd sinds jaren. Honger hadden we trouwens niet. Het schokken werd door de injectie weliswaar minder, maar haar neus trok vreemd en het verse blaadje sla, waar een beetje konijn zich toch al gauw op werpt, bleef onaangeroerd. Bij een mens gaat een hamlap er dan moeilijk in.

De televisie stond die avond bijna onverstaanbaar afgestemd, de piano mocht niet worden gebruikt. Na haar nog eens lekker onder het stro te hebben gestopt, zijn we toen stil naar bed gegaan.

'Ze haalt 't nooit,' zei de dochter nog.

'Kom kom,' zei ik. 'Freek is een taaie.' Maar ik heb niet altijd gelijk.

Om vijf uur die volgende morgen stond een betraand kind naast ons bed.

'Dood?' vroegen we onnodig. Ze knikte.

En in de eetkamer lag het bewijs, stijf in haar hok, naast de piano. Een mens huilt wat af, als je erover nadenkt.

Vader en dochter hebben toen iets aangetrokken en zijn samen naar buiten gegaan.

Het was mooi weer. In de ochtendnevel zag ik ze met een passende doos, waarin de groenteman de vorige dag nog de perssinaasappelen had vervoerd, door de tuin lopen. Ze hadden een schep bij zich. En bij het perk bleven ze staan.

M'n narcissenbollen, dacht ik nog panisch en ik kon me wel voor m'n kop slaan. Maar ze liepen door, zoekend, de vader met de schep, het kind met de doos.

Het was kwart over vijf.

Ik zag ze verdwijnen achter de coniferen, er werd zand verplaatst, zij wachtte stram zonder geluid.

Straks zouden we er bloemen op leggen en dan iets leuks voor de afleiding verzinnen, wist ik, naar de film of zo; wat hadden we ook weer gedaan bij de hamster?

Op dat moment stootte mijn man met zijn schep op de sigarendoos waarin hamster Paul (naar Paul van Vliet, die mogen we ook zo graag) ten grave was gedragen. 't Is nu alweer een tijd geleden.

Even na vijven hebben vader en dochter die ochtend na veel zoeken een ongebruikte begraafplaats gevonden, waar Freek nu rust. Maar een leuke dag is het niet meer geworden. De trieste herinnering aan het verscheiden van de hamster en de kersverse aan het konijn konden met geen *Saturday Night Fever* worden uitgewist.

Maar het leven gaat door. Er zijn zeker spiritueelere oplossingen te bedenken, maar de enige waar ik op kon komen, was gezinsuitbreiding. Per slot hadden we er nog twee van verschillende sekse en het viel te proberen.

We kozen er het weekend voor uit. En deden het ene hok open. En toen het andere.

Wat ik nu iedereen die zoiets organiseert en daar een foto van wil maken, adviseer, is: lig klaar met je camera en druk af als een bezetene. Want ons is dat niet gelukt.

Mijn gezin bestaat namelijk uit zorgvuldige instellers, nauwgezette richters en haarscherpe focuszoekers. En daar moet je bij konijnen niet mee aankomen. Dat gaat van wham, wham, wham en klaar is Kees.

Bij de konijnen af, ja.

We hebben er nu drie bij. En iedereen is gelukkig. Op de piano wordt weer gespeeld, de sla is niet aan te slepen. Alleen Bram is de oude Bram niet meer; die is omgedoopt in Freek, want Freek, die vinden ze aardiger.

Bekend zijn

Op straat:
'Ik heb u een brief geschreven omdat ik dacht dat u socialiste was, maar nu hoor ik dat u katholiek bent. Sorry.'

De verhuizer:
'Zijn al die kleren van u? Waarom trekt u die dan nooit eens aan?'

Bij een parkeermeter:
'Mevrouw, mag ik u als dank voor honderden uren tv-genot dit dubbeltje aanbieden.'

Een collega:
'Je maakt rotprogramma's, meid, maar het fijne ervan is dat je erin gelooft.'

Verzoek:
'Mevrouw, binnenkort brengen wij een nieuw spel op de markt. Wilt u op de doos?'

Een taxichauffeur:
'Voor mij bent u altijd een adonis.'

Een quizkandidaat:
'Ik ben honderd procent invalide, mevrouw, maar je ziet er niks van.'

Brief:
'Ik bied mij aan als oppas voor uw kinderen. Mijn leeftijd is 54 en ik houd er nog van en mijn man ook.'

Op een receptie:
'Kent u mij nog? U heeft m'n broer z'n vriend geïnterviewd, ik meen in '53.'

Een kunstenaar:
'Ik heb een beeld van u gemaakt dat van voren niet erg lijkt, maar van achteren wel en dat wil ik graag aan u laten zien.'

Een kind:
'Ik ben 13 en als ik naar uw foto kijk, moet ik almaar huilen.'

Onmisbaar

Vandaag moest ik opeens aan juffrouw Schouten denken. Ze gaf geschiedenis. Altijd in rok en blouse, make-uploos en met het haar in een knot, stapte ze laag geschoeid door mijn schooljaren. Intelligent en geduldig, streng maar vriendelijk en vooral boeiend: om haar stem kon je niet heen. Als er een leger optrok, dan trok dat in haar beschrijving ook op, compleet met kreupele paarden, uitgeputte soldaten en niet-aflatende strijdkreten van befaamde generaals. Deed zich een omwenteling in de geschiedenis voor, dan liet ze ons raden naar de gevolgen daarvan; een quiz leek het, met als prijs voor een goed antwoord haar tevreden kleine lach. Nooit flikten we haar wat we andere leraren flikten: spieken, proppen schieten, smiespelen, want juffrouw Schouten deugde, voor Schouten deed je je best.

Ik herinner me de keer dat ik haar vroeg wat de zin was van oude geschiedenis, terwijl er in de wereld om me heen zoveel onbegrijpelijks gebeurde waarover ik liever geïnformeerd wilde worden. Ze antwoordde: 'Door te weten wat er toen gebeurde is het herkennen nu mogelijk: alles herhaalt zich.' Juffrouw Schouten was dus ook wijs.

Ze woonde samen met een vriendin.

Vandaag moest ik ook opeens aan meneer Pluim denken, Pluimpie noemden we hem, hij gaf gymnastiek. Alle meiden vielen op hem want hij zag eruit als Robert Redford – ik droomde wel eens van hem. Niemand was ook zo sterk en aardig (behalve je vader dan natuurlijk, want dertien, veertien waren we, alle mannen behalve je vader waren engerds). Meneer Pluim vormde op die regel de uitzondering en werd daardoor zeer belangrijk. Bewegen was lekker, zei hij, en mollig niet erg, dat ging er later wel af. Wie om dikkerds lachte was dom, en of we alsjeblieft niet wilden denken dat een geweldige lichamelijke prestatie het doel was: als je maar plezier had, dát was het wat hij ons bijbracht.

En we gooiden onze benen ongegeneerd in de lucht en kronkelden zeer onelegant aan de ringen en hadden pret: zelfs slecht bewegen was leuk, dat had tot dan niemand ons gezegd.

Meneer Pluim van gymnastiek was dik bevriend met meneer Bakker van Latijn, na schooltijd gingen ze altijd samen weg.

Toen juffrouw Van den Berg van Duits de school verliet, kregen we juffrouw Vlies, vandaag dacht ik opeens ook heel sterk aan haar. Een 'stuk' zouden m'n kinderen haar nu noemen, maar dat woord kenden we toen nog niet, dus volstonden we met 'de mooierd': ze was de fraaiste verschijning die we tot dan hadden gezien. Toen ik haar eens tijdens het eten aan mijn familie beschreef en langdurig uitweidde over haar blonde haar en prachtige figuur, vroeg mijn vader belangstellend hoe oud ze was en zei mijn moeder: 'Eet liever door.'

Vlies was dus mooi maar niet dom, ze gaf heel goed Duits. Het lag dan ook totaal niet aan haar dat ik er nooit hoger dan een drie voor haalde. 'Mijn ouders vinden dat goed,' zei ik brutaal, want ik spreek over de jaren direct na de oorlog: wie toen een tien voor Duits kreeg was alsnog fout.

Juffrouw Vlies was van die uitspraak niet ondersteboven. 'Kortzichtig,' zei ze, verder niets. Ik, die uit hoofde van mijn beroep Duitse gasten op de televisie heb ontvangen en op latere leeftijd een onbedwingbaar verlangen voel om alsnog Heine, Goethe en Günter Grass te lezen (om nog maar niet te spreken van de *Frankfurter Allgemeine*), denk steeds vaker aan juffrouw Vlies en weet: ze had gelijk. Waar zou ze nu zijn? Ik zie haar mooie gezicht voor me en ook het leuke van juffrouw Pais van handenarbeid: goede vriendinnen waren dat, in het speelkwartier liepen ze altijd samen.

En zo mijmer ik door over de mensen uit mijn jeugd die mede de basis legden voor dat wat ik nu weet en denk: een klein leger toegewijden dat in een bepaalde periode van je leven van onschatbare betekenis is.

Meester en juf heetten ze vroeger, tegenwoordig noemen onze kinderen ze bij de voornaam. En met z'n allen waren en zijn we bijzonder vindingrijk in het geven van pesterige bijnamen als 'neus', 'suikerspin', 'troelala' en 'handen thuis'. Denk maar na, vul maar in, geen naam is te gek. Geen naam?

Het was niet toevallig dat ik vandaag opeens aan juffrouw Schouten, aan meneer Pluim, aan juffrouw Vlies en aan een aantal andere leerkrachten moest denken.

Want vandaag heten ze homoseksueel. Het was geen kind dat het pesterig riep, maar een woordvoerder van het Protestants Christelijk Onderwijs, direct gevolgd door een woordvoerder van het Katholiek Onderwijs.

Is homoseksueel erger dan bijvoorbeeld 'neuspeuteraar'? Als je het tweede toegeroepen krijgt, zou ik het smeriger vinden, maar de heren denken daar genuanceerder over: homoseksualiteit is toelaatbaar zolang het niet gepraktiseerd wordt. Gebeurt dat wel: jammer, wij zullen van uw diensten niet langer gebruikmaken, u kunt gaan.

Ik hoor dat en denk: er zijn in ons land meer dan een half miljoen werklozen, per jaar sterven in de wereld vijftien miljoen kinderen van de honger. Als het in het Midden-Oosten niet goed afloopt, hou dan je hart maar vast. En naast de gewone baby kennen we nu ook nog de reageerbuisbaby.

En ik wil nog wat zeggen. Meesters en juffen, heb ik ooit mijn waardering voor jullie uitgesproken, ooit verwoord hoe onmisbaar jullie zijn? Nee? Dan hierbij mijn dank, na de stank.

Lezen

Ze was freelance medewerkster van het tweemaandelijkse tijdschrift *Leestekens*, een uitgave bedoeld voor onderwijzers. En ze vroeg me per brief om een interview, omdat ze wel eens wilde weten wat ik als kind zoal gelezen had. Een keurig verzoek, daar niet van, maar aangezien ik even geen zin had in interviews, belde ik haar op en deelde dat mee.

Met mijn afzegging nam ze niet direct genoegen. 'U heeft vast vroeger wel boeken gelezen die een bepaalde uitwerking op u hadden,' zei ze en ze had die zin er nog niet uit of ik dacht: jazeker. *Schoolidyllen*: huilen, *Zomerzotheid*: lachen, *Fulco de Minstreel*: rillen, en *Hansje in Bessenland*: jaloers, want het bessenland van Hansje, dat was ontzettend lief, zelfs na veel reizen zag ik nooit een land zo vol van bekoring.

'Leuke boeken, verdrietige, enge misschien,' vulde ze de stilte aanmoedigend op, en bij 'enge' wist ik het opnieuw meteen: *Wat een jongeman behoort te weten* vond ik eng. Het stond achter de encyclopedie in de boekenkast van m'n vader, ik las er stiekem in. Maar dat was geen kinderliteratuur natuurlijk, althans niet in die tijd. Ik vond met geregelde tussenpozen dan ook dat ik het aan de kapelaan moest opbiechten maar dat deed ik toch maar niet, want misschien was mijn vader de enige die dat boek had en dat was vreemd.

Als ik daaraan dacht, nam ik in de zenuwen meteen een *Daantje* van de plank, 't gaf niet welk deel, ik had er zat. En daar keek ik dan in zonder te lezen, véél keek ik in *Daantje*, zodat m'n moeder dacht dat ik niet zonder Daantje kon. En omdat dat geen kwaad kon (want met die stomme Daan gebeurde nooit iets), kreeg ik op iedere verjaardag en iedere Sinterklaas, bij m'n eerste communie en zelfs nog bij het Heilig Vormsel, steeds weer een nieuwe Daan. Gek werd ik van Daan. Zo noem ik later nooit m'n zoon, wist ik toen al.

Maar om dat nu allemaal aan *Leestekens* te onthullen...

'Kom,' hield ze aan, 'als u even nadenkt herinnert u zich vast wel een paar fantastische boeken uit uw jeugd.' En het was toen dat ik haar écht goed begon te vinden, want ze maakte steeds meer bij me los.

Fantastische boeken, dacht ik, dat waren de boeken over heiligen die vriendelijk begonnen maar bloederig eindigden. Ene Stefanus die reeds op jonge leeftijd in woord en beeld gestenigd werd was dus favoriet, met als goede tweede de heilige Theresia: altijd tussen te veel rozen, maar niet zo rooskleurig geëindigd. Voor de schaars geklede Christenen die in het oude Rome voor de leeuwen werden geworpen had ik trouwens óók een zwak, hoewel ik van hun opengereten wonden nachtmerries kreeg, die niet werden onderbroken door een moeder in witte nachtjapon met een glaasje water. Van zo'n moeder las ik wel eens in andere boeken, alleen, zo'n moeder had ik niet. Maar om dat nu te vertellen aan een freelance medewerkster van een blad voor onderwijzers...

'Of van die boeken waarvan u later vond dat uw kinderen ze ook moesten lezen,' hield ze aan. Het arme mens wist waarschijnlijk ook niet wat ze met die mevrouw aan moest die op het scherm praatte als Brugman maar nu zweeg als het graf. En weer dook ik terug in mijn herinnering en zag opeens de stukgelezen *De hut van oom Tom* voor me en *De kleine Lord*, en *Niels Holgerssons wonderbare reis* en vooral *Onder moeders strodak*; janken was dat onder die rieten kap, want er heerste toen nog tbc en als je dat had kon je het wel vergeten. Waarna ik me realiseerde dat lectuur met personen vol verwondingen, een langdurig ziekbed met rochelende hoest, of een levenseind met stille begrafenis, in mijn jeugd favoriet was.

Maar om dat nu te onthullen aan wildvreemden...

'Zijn er nooit boeken geweest die u hebben beïnvloed?' hield ze vol. 'U moet vroeger toch wel eens iets gelezen hebben dat grote indruk op u heeft gemaakt.'

Ik voelde me ontzettend schuldig omdat ik al haar moeite onbeloond liet en beloofde vals op het moment dat alle prille herinneringen terug mochten komen te bellen. Waarna ik ophing en alle schemerlampen aandeed, theewater opzette, de haard aanstak, een schaal koekjes op tafel zette, m'n haar los borstelde, de kinderen riep en zei: 'Kom bij het vuur en vertel moeder hoe jullie dag was.'

Want zo ging het in *Afke's tiental*, precies zo, alleen loeide de wind dan ook nog om het huis en kwam vader blind terug uit de Eerste Wereldoorlog. Nou ja, je kan niet álles hebben.

Vakantie

Heel oude mensen gaan niet op vakantie, heel oude mensen brengen dat niet meer op. Willen doen ze het nog wel. Maar hoe dan, ze vallen zo vaak en zijn zo moe.

Toch wordt Valkenburg nog wel eens als mogelijkheid geopperd. En Zandvoort. De Veluwe lijkt ondanks alles ook niet geheel onbereikbaar.

Was het daar dan zo leuk?

Ja, knikken de heel oude mensen langzaam en kijken door het raam van hun bejaardenkamer naar de buitenwereld die zich klaarmaakt voor Zuid-Frankrijk, of terugkomt uit Benidorm.

Maar wat deden jullie dan vroeger?

'O, van alles,' weten ze nog en herhalen het glimlachend, 'van alles.'

'Vertel,' moedig je aan, en vertellen doen de heel oude mensen graag, ze gaan er met plezier moeizaam voor verzitten. Woorden als camping, topless, barbecue en disco vallen niet, en zinnen als 'we moesten er echt even uit' of 'en toen boekten we voor twee weken all-in' krijg je ook niet te horen. Maar wel veel liefs, veel benijdenswaardigs ook.

Want vroeger betekende vakantie een dagje met de hele familie naar Artis in Amsterdam. Brood en drinken werden meegenomen, en als de avond viel werd er als verrassing nog een glaasje grenadine in het Noord-Zuid Hollandsch Koffiehuis, tegenover het station, gedronken. In de trein naar huis vielen de kinderen in de holte van je arm in slaap.

Een dagje strand kwam bij mooi weer ook geregeld voor, en vroeger was het vaak mooi weer. Schepjes en emmertjes en de bal en de vlieger, alles ging mee. En opa en oma ook. Vader was onherkenbaar jolig, die trok meteen zijn schoenen en sokken uit en rolde zijn broekspijpen op zodat hij in de branding nat zand kon halen voor het te bouwen kasteel, dat er soms na een week nog stond. Roodverbrand weer thuis vertelde je aan de buren, die nog even langs kwamen voor een kopje drinken, hoe heerlijk de dag was geweest. En die buren waren dan afgunstig.

In Valkenburg schijnt het ook prettig geweest te zijn, veel heel oude mensen zijn daar geweest, vroeger. Ze bezochten dan de grotten en een plek waar drie landen bijeenkomen, heel interessant was dat, ze hebben daar veel ansichten vandaan gestuurd met de hartelijke groeten.

En de Veluwe natuurlijk, de Veluwe wordt zeer geroemd. Wilde zwijnen en herten lopen daar vrij rond en die hebben ze ook gezien, zeggen ze, maar wanneer zijn ze vergeten, omstreeks 1900 vermoedelijk, misschien iets eerder.

Vakanties waren vroeger dus heel boeiend. En nog hou ik vol. Alleen brengen heel oude mensen je met hun herinneringen een beetje in verwarring. En ook met hun vragen. Want ze willen tenslotte wel weten waar jij naartoe gaat, en als je 'Spanje' antwoordt, klinkt dat opeens na al die verhalen bar oninteressant. Want je gaat daar geen wilde zwijnen zien. En ook geen grenadine drinken. Een zandkasteel bouwen kun je al helemaal vergeten, je mag al blij zijn als je tussen die mierenhoop vijftig centimeter vindt om op te liggen. En 's avonds thuis komen de buren niet meteen langs; de buren komen helemaal niet, die zitten op de camping.

Maar dat zeg je natuurlijk niet, je zegt: 'Ja, Spanje is heel leuk.' En de heel oude mensen proberen het opnieuw mooi te houden en niet jaloers te zijn. En wensen je veel plezier.

Dan ga je weg. Uit je autoraam kijk je nog even naar boven, naar dat raam. Achter de begonia's weet je je moeder. Ze zwaait.

Huilen

Vandaag heb ik weer eens goed gehuild, wat zeg ik: ik heb de hele boel bij elkaar gesnikt en gesnotterd en tegen diegenen die deze regels niet-begrijpend lezen, kan ik alleen maar zeggen: u weet niet wat u mist.

Ik huil niet dagelijks, ook niet wekelijks of maandelijks, ik huil gewoon zomaar opeens. Maar ben ik eenmaal bezig, dan weet ik van geen ophouden. Als ik er later niet huilend op terugkijk, vind ik het wel ietwat eigenaardig. Ik ben dan weer uitgeslapen en monter, vol goede moed, mag ik wel zeggen, en bezeten van een irritant zonnige kijk op het leven. Maar daar heb je natuurlijk geen boodschap aan als het grote verdriet zich aandient.

Wat dat is, kan ik u helaas niet vertellen. Wist ik het, ik zou het hier omslachtig uit de doeken doen, tot lering ende vermaak. Maar geen idee.

Een faillissement zou ik de eerste dag moedig verwerken, de grootste vernedering herken ik pas na weken als zodanig. Als volgens iedereen mijn wereld in elkaar stort, krijg ik iets over me van 'dat kunnen we aan'. Als half Nederland met een buitenlandse griep in bed ligt, roep ik met 38.9 vanuit de keuken: 'Aan tafel, luitjes!'

Wat maakt me dan aan het grienen? Is het die ene zin

van iemand die je niet zo onaardig verwachtte, dat ene gebaar dat uitbleef, het kind dat ging slapen zonder kus, een dag te somber voor woorden? Het zal wel eeuwig een raadsel blijven, maar dat weerhoudt mij er niet van om met geregelde tussenpozen opeens alle sluizen open te gooien en de huilavond in te zetten.

Het begint gewoon met een traan die niet meer in te houden valt, snel gevolgd door een nieuwe. Ik praat dan nog rustig door, doe ook alsof er niets aan de hand is, maar intussen stroomt het niet te stuiten verdriet wel met grote druppels naar beneden. Dan komt de brok in de keel, snel gevolgd door het lopen van de neus, en dan is het nog maar even of de eerste snik komt er hartverscheurend uit.

Als het zover is, verlaat ik meestal met een snelle spurt de kamer en storm ik de trappen op naar het slaapvertrek, waar ik mij dwars op het tweepersoonsbed stort met het hoofd in de kriebeldeken.

En daar huil, snik en snotter ik alsof de wereld vergaat.

Ik moet nu weer iets bekennen. Mijn verdriet is misschien onbelangrijk, maar wel echt: ik stel me niet aan, de ellende is totaal. Toch komt, terwijl ik daar zo lig, bij mij de zinnige gedachte op dat ik – wil het geheel een esthetisch verloop hebben – een zakdoek moet zien te vinden. Ik stel dat met neusophalen weliswaar een tijdje uit, maar ten langen leste ben ik genoodzaakt te gaan zoeken in laden en kasten die ik bewust met knallen dichtsmak. Al dat lawaai doet me ontzettend goed. Ik blijf huilen, maar begin mezelf tegen die tijd ook te horen, gooi er eens een lange uithaal tussendoor en wacht gespannen op het geluid van stappen die op moeders verdriet naar boven snellen.

Niemand komt. Dus val ik terug op de kriebeldeken, naschokkend met nieuwe geluiden.

Als er dan een uur voorbij is en niemand komt om mij te troosten, schraap ik mezelf bij elkaar, sta op en begeef me richting wastafel om in vredesnaam die koude waslap dan maar over mijn gezicht te halen. En iedere keer is daar dat ontzettende moment, dat ik langzamerhand toch zou kunnen voorzien, maar steeds weer vergeet: het moment dat ik in de spiegel kijk en de ravage zie die het grote verdriet achterliet. Daar is geen redden aan. De vernieling is compleet, en alleen de mensen die van je houden, zeggen er niets van.

Niemand zegt dus iets als je ten slotte weer de begane-grondse samenleving opzoekt. Je maakt zwijgend je entree, gaat met dikke ogen bij ze zitten voor de televisie en weet dat je nog diezelfde avond 'sorry' zal zeggen, 'sorry, hoor'. En waar ging het nou precies over, vraag je je de volgende morgen af, wanneer je het ontbijt klaarmaakt voor al die lieve mensen die dan nog liggen te slapen. De zon schijnt, de eitjes pruttelen, geen rampen op het nieuws, het wordt vast een aardige dag.

Er zijn psychiaters die vijfendertig zittingen nodig hebben om een door jou nog niet gesignaleerd conflict naar boven te brengen.

India schijnt ook een oplossing te zijn voor mensen die het niet meer zo zien zitten en een retourtje naar de goeroe nemen om na enkele weken in een oranje zakpak zingend in het moederland terug te keren.

En sensitivitytraining, sensitivitytraining is het helemaal.

Ze zeggen nog wel meer, maar ik behoor tot het corps ongelovigen dat een heilig geloof heeft in het dichtknallen van deuren, zodat de kalk van de muren springt. Ik geloof ook in het uitschreeuwen van onterechte verwijten en het een uur lang uitjammeren van uiterst onbelangrijk verdriet. En ik geloof helemaal in 'sorry' zeggen als de tranen zijn opgedroogd.

Laat u vooral niet weerhouden naar het verre liefdesoord te gaan, wanneer u zich daartoe geroepen voelt. Maak ook een nieuwe afspraak met uw psychiater, als dat u helpt. Zoek uw agoog, theoloog of welke oog dan ook op: mijn zegen hebt u. Maar mocht dat alles niet helpen, en zulke gevallen zijn bekend, probeer dan mijn methode eens. Het kost niets, zonder kriebeldeken gaat het ook, en na een uur ben je een ander mens.

P.S.: Hier moet ik mijn verhaal onderbreken. De stukadoor heeft zojuist de barst in de slaapkamermuur gestopt en wil afrekenen. Ik zie het bedrag en voel de eerste traan al in mijn ooghoek. Dat wordt weer huilen vandaag.

Zonnen

Als er zon is, wil ik zonnen.

Maar ik kan niet zonnen in mijn eigen tuin.

'Ga dan naar het strand, mens,' zegt u nu. En dan doe ik net of ik u even niet hoor, want 'Ga dan naar het strand, mens' is een uiterst domme opmerking. Als ik mij daar namelijk in toepasselijke kledij vertoon, roept minstens één ingesmeerd type: 'O, kaik, Mies Bouwman in badpak!' Dat heeft tot gevolg dat wie tot dan met gesloten ogen lag te bakken, overeind komt en mij met geknepen ogen van boven tot onderen bekijkt. Vaak worden dan de eerste foto's gemaakt en weet ik met aan zekerheid grenzende waarschijnlijkheid dat nog voordat ik de bandjes die witte strepen veroorzaken heb losgemaakt, een glimmende fanaat om een handtekening op zijn beoliede buik vraagt.

Opmerkingen als 'Je moet om de tien minuten keren, meid, anders sta je straks ontveld op de buis' en 'Gut, je ben veel steviger dan ik dach' bevorderen het rustig liggen ook niet, net zomin als 'Je ken zo naar de VARA met die rooie neus'.

Wat zou u trouwens doen als een jongen z'n vrienden roept met de woorden: 'Kom 's kijken, Mies Bouwman ligt hier,' waarna vijf landgenoten hun schaduw over je heen gooien en kreten slaken als 'Nee, dat is ze niet, Mies is veel korter' en 'Ben je gek, zo iemand gaat hier niet liggen' en 'Helemaal fout, man, want Mies zou nu allang wat gezegd hebben, hè Mies?'

Nou, Mies zei wat. Ze zei met een hoge, geaffecteerde stem: 'Willen jullie wal eens héél gauw maken dat jullie hier wagkomen, kairels, want toevallig staan jullie wal in mijn zon, zag...'

'Sorry,' zei daarop de initiatiefnemer gegeneerd. En droop zwetend af.

Ik moet dus de zon in mijn tuin zoeken, dat is duidelijk. Maar ik kan zoals gezegd niet zonnen in mijn eigen tuin. Daarmee zijn we terug bij het begin van het verhaal. En u wilt langzamerhand weten waarom dan wel niet.

Kijk, als ik 's morgens om zeven uur het te gekke weerbericht hoor en door het raam zie dat het klopt, dan ben ik door het dolle. Als een grauwe tornado flits ik door mijn pand en ben al om half tien klaar om de dag wit te beginnen en bruin te eindigen.

Ik trek dus zo weinig mogelijk aan en wil de zonnebrandolie pakken. Wie drie dochters heeft, weet echter dat de zonnebrandolie nooit op de plaats staat waar je hem wist. Dat wordt dus tot tien uur zoeken, waarbij je al zoekend, op enkele ongerechtigheden stuit die zelfs de klunzigste huisvrouw opvallen: een kleddernatte handdoek op de grond, een verdroogde begonia op een bureau, een afgekloven appel op een bibliotheekboek en ontbottend kikkerdril dat de accubak uit wil.

Ten slotte vind je de zonneolie op de wc. En die fles is leeg. Olijfolie, denk je, niet kapot te krijgen, want per slot doen alle Spanjaarden het daarmee. En alle Spanjaarden zijn bruin.

Maar waar is de olijfolie? Het literblik dat ik aanschafte na een zuidelijke vakantie werd slechts één keer overvloedig over de sla geschud, waarna het hele gezin de hele nacht op de been was. Dat blik heb ik dus op een plek gezet waar de dingen staan die je zelden gebruikt. Tegen elf uur vind ik die plek, ergens achter in de kelderkast. En daar staat inderdaad, samen met het mierengif, de gootsteenontstopper, de fles lak voor zwarte lakschoenen en een spuitbus spiegelschoonmaker, het blik olijfolie.

Ik vet me dan in. Olijfolie heeft de eigenaardigheid dat het voor een deel goed in de huid trekt, maar eeuwig aan je handen blijft zitten. Bovendien ruik je naar buitenlandse sla. En laat je blote voetsporen achter. Je kunt dus niet zó op een fatsoenlijke effen ligstoel gaan liggen, daar moeten eerst oude handdoeken op.

Waar nu bewaart een mens oude handdoeken? Liggen die in stukken geknipt in de stofdoekenmand, bij de poetsspullen van de auto, of op de stapel nooit weg te gooien lappen waar nog best een niet zo leuke broek van te maken valt?

Ik zal het kort houden: mijn oude handdoeken blijken gewoon in de linnenkast te liggen. Om twaalf uur spreid ik die dan uit over de ligstoel. En neem plaats. Ik lig lekker, erg lekker zelfs, ik geniet minstens één minuut.

Dan voel ik iets op m'n teen. En dat iets beweegt, het kruipt naar boven. Ik kom overeind en zie een mier. Ik zie dan dat die mier gevolgd wordt door een tweede mier, een derde, vele mieren: ik lig in een hoop.

Om op te staan, moet ik eerst die ellendebandjes weer vastmaken; lang leve het eigen lichaam, maar als er toevallig een fotograaf van *Privé* tussen de coniferen ligt, sta ik over zes weken wel vreemd op de cover.

Verplaatsen dus, zorgen dat je vingers bij het verhuizen niet tussen de klapstoel terechtkomen, handdoeken recht leggen, bandjes weer los en opnieuw plaatsnemen, zuchten en wegzakken.

Dan gaat de voordeurbel. Ik denk: ze bellen maar raak, maar even later staat een onbekende meneer naast me, die onthult dat hij een lekke band heeft. 'Ik zag door het raam dat de tuindeur openstond, dus ben ik maar even achterom gekomen. Heeft u bandenplak?'

Wij hébben bandenplak. Maar waar? Nadat ik onder zijn geduldige blik liggend de bandjes weer vast heb gemaakt, ga ik daar gehuld in m'n oude handdoeken naar op zoek, en ik vind het tot mijn verbazing ten slotte op de plek waar ook de olijfolie stond, hoewel wij nooit een nacht ziek zijn geweest van bandenplak.

Om halftwee fietst hij dankbaar weg. Dan ga ik weer liggen, maar opnieuw niet voor lang.

Want daar is een wesp, én een vlieg, én een tor, én een pissebed.

Er komt nog een bij bij. En in de kamer staat opeens een dochter met veel vriendinnen: ze hebben de laatste twee uur vrij.

Dan gaat de telefoon. Ik leg resoluut een dubbele knoop in de bandjes, graai de badhanddoeken bij elkaar, klap de stoel dicht en ga, nog steeds wit, naar binnen.

'Ben je boos, ma?' vraagt de dochter.

'Lig je in de zon, Mies?' vraagt een stem door de telefoon.

En tegen beiden roep ik heel hard: 'Nee!'

Als ik door het raam kijk, zie ik de eerste wolk.

Wijzer

Steeds gebeuren er dingen waarvan ik wijzer kan worden, als ik ze maar kon onthouden. Helaas: negen van de tien keer mislukt die poging en stoot ik mijn hoofd, zoals de ezel wéér aan dezelfde steen. 'Ia,' balkt het stomme beest dan van pure ellende, en 'Ai,' roept ondergetekende met een kleine variatie.

Want de ezel en ik, wij hebben veel gemeen. Zijn geluid is alleen steeds minder te horen, terwijl mijn 'Ai' niet van de lucht is.

Nog gisteren schreeuwde ik het uit, na veel onnodige verwarring. Want wie schrijft nou op een uitnodiging voor een zilveren bruiloftsfeest als kledingadvies *black tie*, oftewel zwarte das: wat mag dat in 's hemelsnaam betekenen?

'Niet lang en niet kort,' tetterde een trul die één keer met een minister danste en sindsdien in de gektewaan verkeert dat ze het gewone volk over álles kan voorlichten.

'Net iets anders dan gewoon,' wist een kennis, bij wie we een keer aten met vingerkommen naast het bord die nergens voor nodig waren.

'Bloot als je bruin bent en hooggesloten glitter als je er wel eens beter uit hebt gezien,' adviseerde een zangeres die geregeld hooggesloten glitterend in de roddelbladen staat.

'Iets van: "Wauw, hier kom ik!"' gilde een collega hysterisch, en barstte toen in snikken uit: haar man was er net met een wauwtype vandoor.

Dus daar zat ik, de black tie was me voor geen cent duidelijker.

De stad dan maar in, op zoek naar het ongewisse. In boetiek één perste ik mij op muziek van David Bowie in zwart strapless kreukkatoen en wist bij het laatste haakje dat niet dicht kon zeker van nee, ondanks het swingende kindverkoopstertje dat maar 'te gek' bleef roepen.

In winkel twee dook ik schuw in kobaltblauw plissé, weigerde ongelukkig het aangeboden kopje koffie en keek wantrouwend naar een grijs iemand die ik juffrouw Tinie mocht noemen en die mij verzekerde dat het complet met parelsnoer werkelijk bééldig zou zijn.

Het warenhuis bleef toen over, alwaar ik struinend door de rekken voor de afwisseling zelf een ensemble uitzocht. Een rok met stroken pakte ik en een blouse met wel zes schoudervullingen, een kamerbrede ceintuur en vier exotische kettingen waarvan een met haaientanden. En daarmee sjouwde ik naar de paskamer, waar ik zeven wachtenden vóór mij trof, zes herkenden mij fluisterend.

Na een eeuwigheid aan de beurt dook ik snel naar binnen, trok het gordijn na wat geklungel hermetisch dicht, ademde diep en bekeek het zooitje ongeregeld in mijn klamme handen. Het was toen dat ik 'Ai' riep en wist dat alles op één grote vergissing berustte: ik had wéér wijzer moeten zijn.

Geen cent armer, maar wel bekaf heb ik daarop thuis de acht jaar oude glitterblazer met even oude bijpassende broek uit de kast gehaald en ben daarin, zonder ook maar de geringste verwachting, naar het zilveren huwelijksfeest gegaan.

Black tie, mijn neus uit, dacht ik nog toen ik binnenkwam. Maar wat zei de niet onaantrekkelijke gastheer die met uitgestrekte hand op mij afkwam (laat ik dat nou toch niet vergeten en er een notitie van maken en die in de zak stoppen van die blazer die nóóit weg mag)?

Hij zei: 'Halló, wat zie je er schítterend uit.'

Uilengoor

Ik rij de laatste tijd grote afstanden. En die afstanden leg ik per auto af.

Als je uren in een voertuig doorbrengt, wil je nog wel eens naar buiten kijken. En daar zie je dan veel vee, dat nooit zit. Verre verten zie je ook, zonder flatgebouwen. En de mooiste wolkenluchten van de wereld. Nederland is een fraai land, dat mag ik nu wel met enige kennis van zaken beweren. Maar ook vreemd, heel onbegrijpelijk eigenlijk, en hier en daar zelfs obsederend onverklaarbaar.

Ik doel hier op de parkeerplaatsen langs de snelweg die worden aangeduid met een P. Die P's hebben namen. En aan die namen is geen touw vast te knopen.

Zo noteerde ik voor u: 'De Roode Haan', 'Monnik', 'Abt', 'Voordaan', 'Mollenberg' en 'Uilengoor', om er maar eens een paar te noemen. En hoewel ik het niet wilde, dacht en sprak ik na een paar weken nergens anders meer over. Wat betekenen die namen, wat hebben ze ons te zeggen? Werd wellicht bij P 'De Roode Haan' in het geniep de val van de VARA-voorzitter voorbereid en komen in het holst van de nacht de laatste gepijde heren van Nederland tezamen bij 'Monnik'?

Zo ja: waarom weten wij dat dan niet, zo nee: waarom heten ze dan zo?

Daarom ben ik vandaag, toen ik in plaats van 'goedemorgen' slaperig 'Uilengoor' mompelde, tot actie overgegaan: ik belde de ANWB in Den Haag.

'U spreekt met Mies Bouwman. Ik wil graag informatie over de namen van parkeerplaatsen.'

Vrouwenstem: 'Met wie spreek ik?'

'Met Mies Bouwman.'

'O.'

'Hallo?'

'Ja?'

'Kunt u mij doorverbinden met uw parkeerplaats-specialist?'

'Hoe zei u dat uw naam was?'

'Mies Bouwman.'

'Ogenblikje.'

Mannenstem: 'Goedemorgen, mevrouw Timp. U wilde iets weten over onze parkeerplaatsen?'

'Ja, ik...'

'Dan verbind ik u door met mijn collega, die u daarover alle inlichtingen kan geven. Blijft u even aan de lijn?'

Gekraak, gefluister, andere mannenstem: 'Ja, met K. hier. Ik heb begrepen dat u iets wilde weten over onze parkeerplaatsen.'

'Ja, over de namen ervan.'

'Over de namen ervan? Juist ja. Hebt u een bepaalde naam in gedachten?'

'Uilengoor.' 'Hoe zegt u?'

'Uilengoor. Op weg naar Arnhem staat bij een P "Uilengoor", wat betekent dat?'

'Uilengoor, Uilengoor, vréémde naam. Toevallig reed ik gisteren ook langs een parkeerplaats waarbij ik dacht: hè, wat een wonderlijke naam. Leuk trouwens, dat u daarover belt, maar het lijkt me dat uw vraag duidelijk bij bewegwijzering hoort. Uilengoor zei u, hè? 'n Ogenblikje, dan verbind ik u door.'

Korte pauze, zelfde stem: 'Hallo? Bent u daar nog? Mooi zo. Helaas is de betrokken man er op het ogenblik niet, maar als u de hoofddirectie van Waterstaat eens belde en vroeg naar de afdeling Voorlichting? 't Moet toch gek lopen als ze u daar niet kunnen helpen.'

Ik bedank, bel Voorlichting Waterstaat en herhaal mijn vraag. Vrouwenstem: 'De afdeling Voorlichting is gesplitst in een persdienst en een afdeling Publieksvoorlichting. U bent nu verbonden met de persdienst. Ik verbind u door met Publieksvoorlichting.'

Gekraak, mannenstem: 'Ja, met De G. hier. Waarmee kan ik u van dienst zijn, mevrouw?'

'Ik ben op zoek naar de betekenis van de naam Uilengoor.'

'Uilengoor? Zo, ja, nou: voor zover mijn kennis gaat, zijn de namen van parkeerplaatsen streekgebonden en ontleend aan oude boerderijen, beekjes ook, en verdwenen vlakten. Samen met de gemeenten duiken we daarvoor in de geschiedenis van zo'n streek en meestal vinden we dan wel iets, zoals het door u genoemde Uilengoor. Was Uilengoor alles wat u wilde weten?'

'Nou, dat wil zeggen...'

'Onze heer J. kan u daarover volledig informeren, maar helaas, hij is er op het ogenblik niet. Mag hij u terugbellen?'

Ik zeg dat ik even weg moet, maar om vier uur weer thuis ben. Het is dan twaalf uur, de tijd kruipt. Op de radio noem ik een popgroep per ongeluk 'Uilengoor', bij de bakker vraag ik acht bruine Uilengoortjes en weer thuis rits ik precies om vier uur de telefoon van de haak en zeg: 'Met mevrouw Uileng...'

Mannenstem: 'Ja, met J. hier. U wilde weten waarom parkeerplaatsen namen hebben, zo is het toch? Kijk, u moet het zo zien. Mensen maken afspraken en zeggen bijvoorbeeld: "We ontmoeten elkaar om vijf uur daar en daar." Dan is het makkelijk als ze voor "daar en daar" een naam in kunnen vullen, dus "we ontmoeten elkaar om vijf uur bij De Hulk".'

'Nee, bij Uilengoor.'

'Hoe zegt u?'

'Bij Uilengoor, dat is een parkeerplaats. Wat betekent Uilengoor?'

'O, zo, ja sorry, dat zou ik niet zo direct weten, maar wacht eens: daarvoor moet u ingenieur B. hebben. Zijn nummer is...'

Ik bel. Vrouwenstem: 'Ingenieur B. is niet aanwezig. Ik geef u zijn vervanger.' Vervanger: 'Met W. hier. Wat kan ik voor u doen?'

Ik, zacht, bekaf: 'Uilengoor, parkeerplaats, betekenis, wat?'

W.: 'Aha, Uilengoor, Apeldoorn zou u daarover moeten kunnen informeren maar daar zit een man die er, onder ons gezegd, geen bal van af weet. Ik geef u liever onze heer P. Ogenblikje.'

Pauze; heer P.: 'Mevrouw, hier P.'

'Uilengoor,' hijg ik, 'wat betekent Uilengoor?'

P., opgewekt: 'Uilengoor, of Ulengoor, m'n beste mevrouw, was de naam van een boerderij die dateerde uit de zeventiende eeuw en gelegen was aan de Hoevelakenseweg nummer 17. Het heette daar vroeger de Ulengoor-eng, goor betekent dor, schraal, slechte grond was het, waar veel uilen huisden. Vandaar Ulengoor, dat later Uilengoor werd. We zijn op die naam gestuit toen we indertijd dat tracé uitzetten, en toen dachten we: zó noemen we de parkeerplaats, dat is leuk. Vandaar, begrijpt u, zo zit dat met uw Uilengoor.'

Ik heb de heer P. met een laatste krachtsinspanning bedankt en uitgeput de telefoon opgehangen.

Ben ik nu opgelucht? Ja, nee, dat wil zeggen...

Want oordeel zelf: vreemd, heel onbegrijpelijk eigenlijk en hier en daar zelfs obsederend onverklaarbaar zijn de behulpzaamheid en het geduld van al die mensen van de ANWB en van Waterstaat. Hoe zou dat komen, wat betekent dat?

Toch 'ns bellen morgen.

Interviews

Aan degenen onder u die nog nooit door een krant of weekblad werden geïnterviewd, wil ik een paar adviezen geven. Want je weet maar nooit.

Straks haalt u het in uw malle hoofd om achter Ruud Lubbers aan te rennen die voor de derde keer een vent probeert te pakken die er met de autoradio van zijn vrouw vandoor gaat. 'Houdt de dief,' roept u dus, waarop de omstanders zich blindelings op de minister-president storten en de dief ontsnapt.

Nee, daar krijgt u geen lintje voor, maar u bent wél nieuws. Dus komen ze, de dames en heren van de pers.

Nooit thuis ontvangen, dat is mijn eerste tip, want het is niet écht leuk om later in de krant te lezen dat je interieur burgerlijk, je koffie slap en je boekenverzameling oninteressant is. Oké, daar is nog overheen te komen. Maar wat voor mij de deur voor eeuwig dichtdeed was de trul in tijgerjurk die (na een middag mijn tijd te hebben vervuild) in een huis-aan-huisblad de schandelijke zin schreef: 'in de vensterbank bakken vol dode planten', daarmee doelend op mijn schitterende collectie geraniumstekken. Wat ik haar toewenste zal ik u besparen, maar dopluis en schimmel waren twee van de dingen.

Nooit thuis afspraken maken dus, maar op een onzijdige plek. Kan niet schelen waar, als er maar geen alcohol aan te pas komt. 'Eén glaasje ook niet?' vraagt u nu, maar niks ervan: koffie, thee en limonade, en daarmee uit. Want met spiritualiën in het lijf gaat het faliekant fout; voor je het weet, zeg je: 'Ik zal u eens wat vertellen.' En wat dát is, lees je de volgende dag nuchter in de krant. 'Maar dat heb ik helemaal niet zo bedóéld,' roept u radeloos tegen de partner die al de koffers pakt, en tegen de werkgever die u met het artikel in de hand het gat van de deur wijst. Als u dan wilt uithuilen bij uw vrienden, blijken ook zij vreemden geworden. Een zeer ernstige zaak dus. Door middel van tip twee bent u gewaarschuwd.

Komen we bij tip drie, de laatste en tevens belangrijkste: doe het niet. Bespaar u een heleboel kopzorg en ellende en zeg gewoon: 'Nee sorry, geen interview,' een zeer ongebruikelijke reactie inderdaad, maar wel een goeie. Er is alleen één moeilijkheid: je zegt het niet zo makkelijk, want we zijn allemaal een beetje van de hele ijdele.

Toch ken ik iemand die het opbracht. Hij negeerde weliswaar tip een en twee, maar zei tegen de journalist die al binnen was opeens: 'Zeg, er is een fantastisch programma op de tv. Als we dat interview nou eens vergeten en daar naar gaan kijken?'

En ik zie het weer voor me, hoe de man blocnote en pen terug in zijn tas deed, ontspannen achteroverleunde, lachte en zei: 'Prima idee.'

Waarna het nog een hele leuke avond werd, want begrijp me niet verkeerd: er zijn ook góéie journalisten.

Later

Mijn moeder belde op en vroeg wanneer ik weer eens kwam. Weer eens? Ik was nét nog bij haar geweest, wanneer was het, vorige week of de week daarvoor?

'Nee,' zegt ze, 'het was drieënhalve week geleden, op een donderdagmiddag.'

'Drieënhalve week geleden al weer, de tijd vliegt.'

'En je kon toen maar een uurtje blijven,' zegt ze, 'jullie kregen gasten.'

'Dat je dat nog weet,' zeg ik.

En zij: 'Natuurlijk, wanneer kom je?' 'Gauw,' beloof ik, 'ik bel je nog wel.'

En ik denk: deze week kan onmogelijk, alles zit vol met afspraken, behalve morgen, maar morgen heb ik met zoveel moeite vrij gehouden om allerlei klussen voor mezelf te doen, nee, morgen niet. En de volgende week ook niet. We moeten naar die verjaardag en twee dagen zijn sowieso bezet met het halen en brengen van kinderen op ongelukkige uren. We krijgen 't weekend drie logés, en dan is er nog die première én de tuin én het werk en ik zou nog een uitgebreide nasi maken en naar België moet ik ook nog.

Hè, denk ik dan kriegel. Waarom hebben moeders dat verwijtende in hun stem, wanneer ze vanuit hun verzorgingsflat hun kinderen bellen en vragen wanneer ze weer eens komen? Zij horen toch te beseffen dat die kinderen precies hetzelfde drukke gezin hebben als zij vroeger hadden. Als iemand moet weten dat je niet op ieder uur van de dag naar je moeder kunt gaan, zijn zij het toch wel.

Op ieder uur? Nou, iedere week, of eens in de veertien dagen of zo. Ik ga dat later heel anders doen, dat weet ik zeker, en daar verheug ik me nu al op. Het idee de dagen te kunnen indelen zoals je dat zelf wilt, slechts gestoord door kinderen die jóú opbellen om te vragen of je alsjeblieft kunt komen oppassen. En dan zeggen: 'Nee, sorry hoor, maar je vader en ik wilden dit weekend eens naar Valkenburg gaan, want daar zijn we nog nooit geweest, en dat lijkt ons ontzettend aardig. We zullen jullie een kaartje sturen van het Drielandenpunt, maar oppassen: nee.'

Maar als je man er nu niet meer is, en je zit alleen in dat huis op je kamertje?

Dan zou ik proberen daar toch iets van te maken, en bijvoorbeeld deel gaan nemen aan allerlei activiteiten. Ze doen veel in die huizen, handenarbeid en gymnastiek, en een zangkoor houden ze er ook in de meeste op na. Niet dat dat me nu zo ontzettend leuk lijkt, maar je kunt als je nog jong bent die dingen niet beoordelen, en de leiding van zo'n huis is natuurlijk ook niet gek: die organiseert die dingen niet als de bejaarden er geen bal aan vinden. Dus zou ik meedoen, dat wil zeggen, ik zou er eens een keertje heen gaan.

Maar als ik nu slecht ter been ben? Dan zou ik mensen gaan uitnodigen, iedere dag zou ik iemand op de koffie of thee vragen; nichten en neven, oude en nieuwe vrienden, buren van vroeger en belendende bejaarden die op hun kamers ook maar zitten te niksen en zeuren over hun kinderen die niet komen. En dan maar roddelen en bridgen misschien, hoewel ik dat laatste dan nog even zou moeten leren. En samen naar de tv kijken, dat is toch aardiger dan alleen, ik bedoel, je moet er iets van zien te maken.

Maar als ik daar nou erg moe van word, van al die mensen?

Nou, dan vraag ik ze toch niet, dan vul ik de dagen met de dingen die ik altijd al had willen doen. Met lezen bijvoorbeeld. Hoe vaak klaag ik nu niet dat ik daar de tijd nooit voor heb? Kasten vol staan er met de interessantste werkjes, de helft heb ik nog niet in handen gehad. Tsjechov, Multatuli, de geschiedenis van de Tweede Wereldoorlog, Keesings Historisch Archief voor mijn part, ik neem ze mee, kisten vol, naar het bejaardentehuis.

En breien ga ik: truien voor de kleinkinderen en mutsen en dassen, en alles in steeds moeilijker steken, kabels en gerstekorrels en reken maar dat het lukt, want dan heb ik de tijd voor proeflappen. Trouwens, nu ik erover nadenk: ik kan ook gaan haken. Van die veelkleurige spreien met Indiase motieven, die je in de chique bladen ziet liggen op bedden van rijke interieurverzorgers. Of van die vitrage in ongebleekte katoen voor de ramen van tweede huisjes. Ja, haken lijkt me ook reuzeleuk.

En schilderen. Olieverf of aquarel, dat weet ik nu nog niet, maar ik denk het eerste, en dan hele felle kleuren en lekker dik erop. Naïef zal het wel worden, want een mens verandert niet meer na zijn veertigste. En zo'n ezel is best decoratief in een hoekje van de kamer. Wie weet hangen ze mijn werk nog in de eetzaal.

Kantklossen? Ik weet 't niet. Om nou te zeggen dat ik erom sta te springen, nee, maar als het breien gaat vervelen, en de gehaakte sprei een fiasco wordt, wie weet.

Maar als mijn handen nu gaan bibberen? Mijn ogen niet meer zo best zijn?

Ik wegdroom bij de radio.

's Middags slaap en 's nachts wakker lig.

Zoutloos moet eten en niet meer mag roken.

En op zondag al die kinderen zie komen voor andere mensen...

Ik bel mijn moeder.

Morgen kom ik.

Naam

De telefoon gaat, ik neem de hoorn van de haak.

Er meldt zich een mij totaal onbekende man, die onvoorstelbaar veel moeite moet hebben gedaan om mijn geheime nummer te pakken te krijgen, want de AVRO geeft het niet, de TROS heeft het niet, de VARA is het in de loop der jaren vast kwijtgeraakt en collega's zouden het waarschijnlijk wel verklappen, maar hebben zelf allemaal een geheim nummer. Dus ik bedoel maar: die man moet iets belangrijks te vertellen hebben. Ik wacht met enige spanning en hij zegt: 'Mag ik mijn pitbullterriër naar u noemen?'

Wat een onzalig idee. In de chrysant die tot Mies werd gedoopt brak binnen zes maanden de schimmel uit, over de Mies Bouwman-tulp zijn twee kwekers al dertien jaar aan het bekvechten, en op de dag dat de Mies-lelie werd gelanceerd nam een wervelstorm de totale lelietentoonstelling mee de lucht in.

Zelfs op officiële handelingen, waaraan mijn naam slechts voor een uurtje verbonden was, rustte geen zegen. Een winkelcentrum dat ik opende ging nog voor het was afgeverfd failliet, een tentoonstelling van een nog steeds onbekend kunstenaar waar ik een kort welkomstwoord sprak werd gekraakt, en van de onderzeeër die ik lang geleden te water liet is sindsdien nooit meer iets vernomen.

Dat vertel ik die man allemaal en ik voeg eraan toe dat hij desondanks natuurlijk moet doen wat hij niet laten kan, maar dat hij het beest beter Linda of Anita kan noemen, want in die namen zit meer toekomst.

'Nou ja,' besluit ik, 'het zal me eerlijk gezegd een blote zorg zijn.'

Hem niet. 'Ik wil dat ze Mies heet,' zegt hij, 'dat ik haar zo kan laten inschrijven en dat ze die naam geautoriseerd draagt. Ik zal u fotokopieën van de papieren toesturen en ons adres, want misschien wilt u haar wel eens zien en dan komt u maar: de koffie staat altijd klaar.'

Er moet nu worden ingegrepen, dit loopt uit de hand. Voordat ik het weet, ga ik er een weekje logeren, krijg ik het beest in olieverf aan de muur, moet ik een mannetje voor haar zoeken en aanwezig zijn bij de bevalling.

'Luister,' zeg ik dus. 'Noem haar voor mijn part Mies, maar als het een vals ongehoorzaam kreng blijkt te zijn dat uw broek aan flarden scheurt, uw pluimvee keelt en uw vrouw gillend het huis uit jaagt, zeg dan niet dat ik u niet gewaarschuwd heb.'

'Nee hoor!' roept hij blij. 'Daar hoeft u niet bang voor te zijn. Wij hebben haar zelf uitgezocht, dus wij dragen de volle verantwoordelijkheid.'

'Nog één vraag dan,' zeg ik. 'Mies... waarom wilt u haar per se Mies noemen?'

En wat antwoordt die man?

'Heel eenvoudig, mevrouw Bouwman. Ik moet altijd zo om haar lachen.'

Tien minuten

We spreken af elkaar om vier uur terug te zien bij het bloemenstalletje, op de hoek van de Kalverstraat en het Spui. En natuurlijk ben ik te vroeg: boven de vijftig is winkelen geen liften meer, maar een georganiseerde reis.

Kijkend naar alle mensen die van weerskanten blijven komen wordt één ding opeens duidelijk: beenwarmers zijn alleen leuk om benen van kinderen.

Tweede ontdekking: wie gearmd loopt respecteert de stoplichten geduldig, wie daarentegen alleen aan het stadten is, wandelt rustig door het rood.

'Stuk schorum,' roept een gesoigneerde man vanuit een gedeukte witte cadillac tegen een verkeersovertreedster als hij haar remmend nog net kan ontwijken.

En ze kijkt hooggehakt minachtend op hem neer en zegt: 'Je zuster zal je bedoelen.'

Er valt een schemergrauw over de daken. Uit de monden van de voorbijgangers komen wolken wasem als in een scène uit een goede Engelse film over onderbetaalde mijnwerkers die zojuist de gevaarlijke schacht verlaten. Bij Diemen zou het zeker al misten, wist ik.

Dan zie ik ze, alle drie, zo'n honderd meter van me vandaan. En ik kijk, terwijl ze mij niet dichtbij weten, en schiet vol, naast die bloemenstal.

Je hebt ze zo lang, je denkt ze te kennen, het zijn jouw kinderen, in een menigte haal je ze er zo uit. Ze zitten tegenover je aan tafel, je stopt ze onder tot ze niet meer willen, hun irritaties voel je, hun aandoenlijkheden koester je, hun geur herken je, hun lach is als geen ander. Maar opeens zie je ze uit de verte, drie grote meiden die lang geleden negen maanden in je buik zaten. Ze staan stil voor de etalage van een schoenenzaak en de oudste wijst naar iets wat jij niet ziet. De oudste... moet je d'r daar zien staan. Vijfenhalf pond was ze toen ze geboren werd, maar wel een stem als een kanon. Ik hoor nog haar eerste gil, toen even niets, en toen het gerinkel van een glazen maatbeker die tien meter verder door haar geluid aan gruzels ging. In het ziekenhuis begrepen ze er niets van, aan m'n kraambed kwamen verpleegsters kijken naar de baby met die bijzondere gil. En zijzelf was ook onder de indruk: tot de dag van vandaag praat ze zachtjes.

Ze zegt nu iets tegen haar middelste zusje en moet het zoals gewoonlijk herhalen; de middelste is in woord en gebaar altijd heel duidelijk wanneer ze iets niet snapt of verstaat. Zou ze dat overgehouden hebben van de bevalling? Die ging moeilijk waardoor ik zuurstof nodig had, maar door een wat dan menselijke fout heet was de slang niet aan het apparaat verbonden, maar lag die vastgezogen aan de muur. Toen ik vrij blauw werd en hun vader als een gek op de bel drukte, heeft men het euvel alsnog op het nippertje verholpen. En daar kwam ze ten slotte, en keek vrij kwaad. Zou het daardoor komen dat ze op de lagere school altijd verkleed als verpleegster in de koninginneoptocht wilde en niet als indiaan, bloemenmeisje, danseres of cowboy?

Ze slaat nu een arm om de jongste, samen deuken ze ineen van het lachen.

De jongste, ook al groter dan ik. Alleen die hele wijde lange trui wil ze van me lenen, m'n schoenen passen haar niet.

'Weet u nog,' zeg ik wel eens tegen de huisdokter, 'hoe ongelegen ze kwam?' En dan doel ik op de datum van haar geboorte, die samenviel met zijn trouwdiner. Ik belde hem tijdens de soep en hij reageerde met: 'Nee, hè?'

Toch heeft hij een zwak voor haar, want ze kwam gauw: het toetje heeft hij nog met z'n bruid kunnen verorberen.

Zou het daardoor komen dat hij sindsdien heel relaxed is als ze komt en voor haar gekneusde vinger, vervelende puist of verstopte oor echt tijd uittrekt? 'Ga eens zitten, hoe gaat het, vertel eens.'

Ze overleggen nu met z'n drieën. De jongste schudt van nee en de oudste kijkt vertwijfeld terwijl de middelste gebaren maakt die de discussie moeten afkappen. Daarop draaien ze zich in mijn richting en komen op mij af.

'Hallo, ma,' zeggen ze. En als ze mijn aangeslagen blik zien: 'Sorry, zijn we veel te laat?'

Ik kijk op mijn horloge en zie dat het tien over vier is.

Jammer, denk ik, maar tien minuten.

Schilderij

'Dag, meneer,' zei ik en keek naar de man met de grote pakken onder z'n arm op de stoep.

'U bent het,' zei hij en kwam binnen.

'Ja, maar wie bent u?' vroeg ik voor hem terugdeinzend.

'Driessen,' zei hij. 'Ogenblikje, even de andere halen.'

Hij verdween naar buiten en kwam onmiddellijk weer terug met twee nieuwe pakken, die hij met een bons naast de andere zette.

'Dat u het nou toch bent,' zei hij, ging zitten en begon pak één uit te pakken, waaruit vier schilderijen in lijst tevoorschijn kwamen, die hij langs mijn muur uitstalde.

'Meneer,' vroeg ik dringend, 'wie bent u en wat komt u doen?'

'Driessen,' zei hij weer, almaar uitpakkend en het ene schilderij naast het andere zettend. 'Driessen, mevrouw, schilder van beroep en al zeg ik het zelf, niet zonder succes. Hoe vindt u ze?'

Ik keek naar de eindeloze reeks plaggenhutten in olieverf die somber uit m'n vaste vloerbedekking leken opgeschoten en ik kon niets anders uitbrengen dan een verbouwereerd: 'Mooi.'

'Dat dacht ik wel,' zei hij blij. 'Ik wist dat u er begrip voor zou hebben. Per slot kijk ik al jaren naar u en dan leer je iemand kennen. Ik zit hier voor mijn gevoel dan ook niet bij een vreemde, maar bij een goeie vriendin en in die verhouding zeg ik tot u: zoek er een uit.'

In dit soort situaties ben ik heel slecht. Ik weet dat er mensen zijn die zo'n man met een paar welgekozen woorden weer alles laten inpakken en afscheid nemen. Maar ik niet. Ik zie hem in gedachten dagen denken en uren sjouwen en ben geroerd door al zijn moeite en het lieve gebaar. Ik keek dus hulpeloos langs de hele uitstalling en wees ten slotte aarzelend op een plaggenhut in de meest rustige lijst.

'Die graag,' zei ik zacht.

'Mooi zo,' zei hij hard. 'Dat is dan honderdvijfentwintig gulden.'

Gruwelijk

Als niemand mij gelooft, neem ik het niemand kwalijk – zelfs ík vind het een ongelooflijk verhaal. Toch is wat ik u nu ga vertellen waar gebeurd: een moment uit het leven van een vrouw die geregeld op de televisie verschijnt. En de gruwelijke consequentie daarvan.

Want het was aan het eind van een zorgeloze dag in Amsterdam, dat mijn man en ik het grote café betraden en twee bevriende acteurs aan een tafel zagen zitten. Ernaartoe dus en: 'Hallo, hoe gaat 't? Kinderen zeker goed, televisieprogramma's zeker jammerlijk, maar we houden de moed erin, wat willen jullie drinken?' Lachen dus, acteurs zijn buiten het theater ook grappig.

Toen voelde ik die hand, hij kneep even in mijn schouder en bleef daar liggen. Ik schrok er niet écht van, dacht dat het weer een bekende was, maar zag, omkijkend, een vrouw van tegen de vijftig. En met nog steeds die hand op mijn schouder zei ze, vol sympathie: 'Hallo, Miesje.'

'Hallo,' zei ik welopgevoed terug en ik dacht intussen snel: een klasgenoot van de lagere school, moeder van een kind dat ik een kontje gaf om de tv-Sinterklaas te zien, winnaar van een fiets in *Een van de acht*, opgegroeide provomeid uit de jaren zestig? Aan alle menselijke uitschieters uit mijn televisie- en jeugdjaren dacht ik.

Maar de herkenning bleef uit, kon ook niet komen, want: 'Jij kent me niet, maar ik jou wel,' zei ze.

En die reactie was mij vertrouwd, het meisje dat de lottoballen eens in de week laat draaien kent 'm ook. De volgende zin zou zijn dat ze altijd met plezier naar mij keek, een verzoek om een handtekening voor een buurmeisje zat er ook in, en misschien zou ze zelfs zeggen dat ze mij fantastisch vond; de hand die nog steeds op mijn schouder lag voorspelde niet veel goeds.

Wat heet veel goeds.

'Miesje, lieve schat,' zei ze, 'bedankt voor alle heerlijke weekenden met je man. Ik kijk er steeds naar uit en vind je een tof mens. Geen problemen en geen gedoe: fantastisch hoor, voor mij ben jij oké.' En ze gaf me een kus.

Aan onze tafel viel toen een begrijpelijke doodse stilte, die verbroken werd door mijn man die opstond, haar een hand gaf en zich voorstelde.

'U?' mompelde ze in opperste verbijstering, terwijl ze hem aanstaarde alsof ze een geest zag. 'Bent u de man van háár?' En langzaam zag ik tranen in haar ogen komen.

Hoe kun je als vrouw een andere vrouw troosten die blij denkt dat ze met jouw man naar bed gaat? Ik deed mijn best, maar het lukte niet.

Ergens in Nederland lacht intussen een nep-echtgenoot van Mies in zijn vuistje en verheugt zich op een volgend weekend vreemdgaan onder valse noemer.

'Hè hè, even niet dat gezeur over televisie,' hoor ik hem aanstaande zaterdag al aan haar voordeur roepen.

Ik denk dat hem dan een behoorlijke verrassing wacht.

Kerstbezoek

De lichtjes in de boom branden, op de radio zingt een heer met bedenkelijk hoge stem, aan de lamp hangt de enig overgebleven bal van vorig jaar en naast het stalletje staat de herder met de gebroken neus: het is de dag voor Kerstmis, vier uur in de middag, ik ben alleen thuis. En voor me op het aanrecht ligt een blote kalkoen. Z'n poten staan recht overeind, de nek ligt er los naast en te midden van veel kippenvel prijkt een groot onsmakelijk gat dat gevuld moet worden. Dat vulsel heb ik. Ik verzamel dus al mijn moed, adem diep, pak een hand vol, en wil aan de gang.

Op dat moment gaat de bel.

Ik kwak de prak terug in de bak, mompel iets wat weinig met Kerstmis te maken heeft, spoel haastig m'n handen, veeg ze al lopend aan een handdoek af en doe de voordeur open.

En daar staat dan een zeer enge man. Z'n holle ogen kijken me gluiperig aan, z'n mond lacht gemeen. Eigenlijk net Kees van Kooten als eng type, maar dan nog enger, denk ik, zo'n man waarvan je hoopt dat hij nooit aanbelt als je alleen thuis bent. Toch deed hij dat en zegt: 'Heeft u misschien een emmertje water voor me, de motor van m'n auto kookt.' Ik denk dan héél snel héél veel:

smoes, denk ik, is inbreker, wil zien wat hier te halen is, niet binnenlaten, foute boel.

Maar ik zeg: 'Een ogenblikje,' en wil de deur dichtdoen.

Te laat. Met een 'Nee, niks d'r van, u mag niet met zo'n emmer sjouwen' staat hij al achter me in de gang en loopt mee naar de keuken. Trillend draai ik de kraan open.

'Leuk' zegt hij terwijl hij rondkijkt en 'lekker' als hij de kalkoen ziet, en ik denk: die komt vannacht terug en neemt óók nog de kalkoen mee: ik vul 'm niet.

Weet u hoe lang het duurt voordat een emmer vol is? Héél lang. Uiteindelijk verdwijnt hij ermee naar buiten, ik bespied hem door de takken van de sparren voor het raam en zie inderdaad een auto die van voren openstaat.

De enge man doet iets wat ik niet kan zien maar zelfs al had ik er goed zicht op, wat dan nog: ik snap niets van motoren.

Dan denk ik opeens aan de bouviers: ik heb die arme mensverslindende schatten in de kennel gestopt omdat een ander beest in de oven ging. Ik verlaat dus schielijk mijn uitkijkpost, loop door de keuken op weg naar buiten, leg nog snel het broodmes naast de kalkoen (want een mes bij de hand kan nooit kwaad) en wil me naar m'n hapgrage huisdieren begeven.

Maar opnieuw gaat de bel.

'Sorry,' zegt hij, 'ik vind het vervelend om u weer iets te vragen, maar heeft u misschien een tang, want de dop van de watertank zit vast.'

Ik kan dan natuurlijk 'die heb ik niet' zeggen of 'ik mag van m'n man niet aan z'n tangen komen'. Maar ik zeg dat niet. Tijdens een televisie-uitzending kan het hele decor in elkaar storten, een vrouw een kind krijgen, de premier van z'n geloof afvallen en de studio worden gekraakt – énig vind ik dat allemaal, zodat u tegen elkaar zegt: 'Die

Mies, als er iets misgaat is ze op d'r best, hoor.' Maar in dit geval moet ik u teleurstellen: ik kan niet liegen, zelfs niet tegen een engerd.

'Een ogenblik,' mompel ik dus gebroken en ik duik de kelder in, waar mijn echtgenoot ongeveer iedere sleutel die ooit bedacht werd, op volgorde van grootte aan haken langs de muur heeft hangen.

Ik pak de grootste, vanwege je weet maar nooit, en kom weer heel langzaam en naar mijn gevoel dreigend de keuken in. Maar daar is hij niet. Hij staat in de gang en kijkt in de woonkamer, waar de overjarige tv staat en het waardeloze beeld dat duur oogt, en de gepoetste kandelaar waarvan je alleen dichtbij ziet dat hij niet van massief zilver is. Maar weet die man veel. Ik kan wel huilen bij de gedachte dat dat vannacht allemaal weg gaat.

'Mooi,' zegt hij, kijkend naar een vroege tekening van een van de dochters die ingelijst inderdaad iets van een Appel heeft. Ik geef hem zwijgend de sleutel en wacht gelaten op de klap op m'n kop. Die komt niet.

'Dank u,' zegt hij en verdwijnt opnieuw door de voordeur. Keek hij bij het passeren daarvan nog even goed naar de grendel, de ketting, de draadjes van de alarminstallatie? Ik weet het bijna zeker en ga het nummer van de politie opzoeken. Maar het telefoonboek is weg, het ligt niet waar het hoort te liggen: waar zou het telefoonboek zijn? Voordat ik dochter één of dochter twee heb kunnen verwensen gaat dan voor de derde keer de voordeurbel. De engerd die steeds enger wordt overhandigt mij vriendelijk de levensgevaarlijke tang.

'Heel veel dank voor al uw hulp,' zegt hij ook nog. Ik denk: hou toch op man, vannacht zie ik je weer.

Als het gezin thuiskomt, lacht het zich tot mijn grote

ergernis kapot om ma. Want ma ziet spoken. Hoe zit het trouwens met de kalkoen?

Veel later lig ik rusteloos te woelen in bed. De lange nacht begint, de nacht dat de engerd zal komen. Is hij er al of verbeeld ik me gestommel te horen? En waarom geven de bouviers geen kik? De één heb ik bij de voordeur gelegd, de ander bij de achterdeur, ze zijn afgericht om alles wat beweegt te verslinden. Maar misschien kregen ze vergiftigde pens. In een gedrogeerde lendelap happen ze vast ook gretig, paarden- of mensenvlees, bouviers kan 't niet schelen. Dus por ik drie achtereenvolgende keren m'n man wakker, die moedig beneden gaat kijken terwijl ik met de croquetstok in de aanslag recht overeind in bed de bovenverdieping verdedig. Maar niks.

De rest van de kerstnacht zie ik in het donker de enge man haarscherp voor me. En kom daarom met diepe wallen aan het ontbijt. De hele huisraad staat er nog, op het aanrecht ligt de onthoofde kalkoen nog steeds te wachten op vulling.

'Lekker geslapen?' vragen ze en ik knik, een leugentje om kerstwil mag best.

Jammer dat ik het dennengroen tussen de mandarijnen ben vergeten. De eitjes zijn ook iets te hard. Toch zitten we met z'n vijven zeer tevreden aan tafel, zeggen zelfs vriendelijke dingen.

Dan gaat de bel.

'Laat maar,' zeg ik en loop naar de deur. Ik doe die deur open en verstijf, want voor me staat de enge man van gisteren. In zijn hand heeft hij een kerststukje vol dennengroen, met een kaars in het midden. Hij overhandigt mij dat en lacht, lacht hartelijk, bijna aardig zelfs, terwijl hij mij bedankt voor alle hulp en moeite.

Ik kom ermee terug in de kamer. 'Wie was dat?' vraagt

m'n man. 'Die man van gisteren.' zeg ik. 'Die enge?' zegt hij.

En ik kijk naar het bakje in m'n handen en zeg: 'Ach, eng...'

‘Dag’

In de wachtkamer van de röntgenafdeling zat een gebogen bleke man. Hij droeg een bruin-wit gestreepte flanellen pyjama die me nieuw leek, uit de naden van de broekspijpen hingen niet afgeknipte draadjes. Daaroverheen een bijna duffelse ochtendjas die faalde hem te verwarmen. Z’n blote voeten in leren veterschoenen hadden veel speelruimte.

‘Goedemorgen,’ zei ik zacht, ik voelde me ook niet zo lekker.

Hij keek even op, glimlachte flauwtjes en zei: ‘Dag.’ Waarna hij zijn hoofd weer op de duffelse jas liet zakken.

Het tafeltje met lectuur bood ook geen afleiding. Ik vond een drie jaar oude *Margriet*, een beduimeld tuinblad waaruit de tuinfoto’s waren gescheurd en een *Elsevier* zonder buitenblad.

Aan de muur waarschuwde een komisch bedoelde strip vrij onduidelijk op het gevaar van té intensief trimmen.

Ik leunde in ledigheid achterover en dacht aan een maanzaadbol met jong belegen kaas. Ik dacht ook aan een hard-zacht gekookt eitje. En aan kapucijners met spek, warme saucijzenbroodjes, thee met speculaas, een ons vers gerookte worst. Sinds de vorige avond zes uur had ik op röntgenorder niets meer mogen eten of drinken. Het was nu negen uur 's morgens, tot in de wijde omtrek konden ze me horen rammelen. Vreemd, dat verlangen naar iets dat verboden is.

Door de open deur zag ik een vrouw met een beker automaatkoffie en ik, die automaatkoffie niet te pruimen vind, inhaleerde diep en was voor het eerst sinds tijden jaloers. Ook ving ik een gespreksflard op van twee passerende deskundigen. Waarschijnlijk zeiden ze 'mits', maar in mijn toestand verstond ik 'sprits'. En kreeg niet te dempen water in de mond.

Al die tijd zat, stil gebogen, de pyjamaman in de hoek; als hij niet was afgeroepen zat hij er nog.

'Het beste,' zei ik toen hij zich moeizaam verhief en naar de gang strompelde. Even stond hij stil en keek voor de helft om. 'Dag,' zei hij.

Alleen met de stripplaat en de oude *Margriet* bleef me niets anders over dan te piekeren over m'n eigen lichamelijke gesteldheid. Ik voelde me niet al te best en had m'n uitstekende huisarts steken en krampen beschreven die hem tot actie deden overgaan: er moesten foto's gemaakt worden.

'Met handtekening?' grapte ik nog. Hij lachte niet.

Nu zat ik daar en was me voor het eerst sinds tijden bewust van m'n lijf. Uiterlijk leek er niets ziekelijks veranderd, maar diep verborgen zat er misschien grote vuiligheid: een darm in een kronkel, een zwarte maaguitpuiling, een vlek met een naam, of iets níét wat er wél had moeten zijn.

Verbeeld je dat ze na het bekijken van de röntgenplaat de keel zouden schrapen en zeggen: 'Belt u even naar huis voor uw pyjama,' verbeeld je: alle pyjama's zaten in de was.

Toen ik zover met het doemdenken was maakte een

vage paniek zich van mij meester, want een kind moest donderdag naar de tandarts en een ander vrijdag uit Dordrecht gehaald, en oma, die mocht niets weten, 'Nee, ma kan niet aan de telefoon komen, ze is haar stem kwijt,' moesten ze zeggen.

Toen ik dus bijna in tranen was over mezelf en allen die me lief zijn en die mij voor lange tijd moesten missen – maar de diepvries lag vol, dat was een troost – kwamen twee vrouwen binnen. De een was Hollands blond, in broek en ski-jack, de ander Turks donker met een doekje om het hoofd.

'Goedemorgen,' zei ik met verstikte stem.

De blonde knikte vriendelijk en de Turkse keek me niet-begrijpend aan en zei: 'Dag.'

Ze gingen tegenover me zitten.

De blonde zei: 'Wil je je jas niet uitdoen, je jas, uitdoen jas, warm hier, geef maar, gééf.'

De Turkse met de trieste ogen keek haar aan, keek toen naar mij, zei: 'Dag,' en staarde weer voor zich uit.

'Je hoeft niet bang te zijn,' stelde de blonde haar gerust en legde even haar hand op de andere naast haar. 'Niet bang zijn jij, niet nodig.'

En de Turkse vrouw keek haar aan en herhaalde: 'Niet bang.' Ze glimlachte opnieuw onvergetelijk hulpeloos en keek naar mij. 'Dag,' zei ze weer.

Ik dacht: ze had ergens pijn net zoals ik, maar ze liep er veel langer mee door, want ze kon niet vertellen wat ze voelde omdat ze onze taal niet kent, behalve 'aardappels', 'verdomme' en 'dag'.

En nu zit ze hier, een Turkse in een ziekenhuis in Laren, Noord-Holland, en naast haar zegt een schat van een Hollands mens: 'Niet bang zijn, niet bang, alles komt goed, álles.'

Op dat moment werd mijn naam gezegd door een witte-jasvrouw in de deuropening: ik moest eraan geloven.

'Het beste,' zei ik tegen de twee die kwetsbaar achterbleven. De blonde glimlachte bemoedigend, de Turkse zei weer 'dag' en dat was het laatste wat ik van ze zag.

Nu, een uur later en weer thuis, met het geluid van de wasmachine vol pyjama's op de achtergrond, denk ik opnieuw aan die man in z'n duffelse ochtendjas en aan die vrouw met het hoofddoekje. Mijn foto's waren goed, hoe waren die van hen?

'Waarover hadden jullie het?' vraagt mijn opgeluchte man als ik ten slotte vertel over die twee.

'Over van alles,' zeg ik.

'Over wat dan, vertel eens, wat zeiden ze?' wil hij weten. En dan is het mijn beurt om stil voor me uit te kijken.

'"Dag" zeiden ze,' antwoord ik, 'alleen maar "dag".'

Paardenbloemen

Het was vol in de groentewinkel. Om de deur achter me dicht te krijgen, moest ik me onprettig tussen de mensen dringen.

'Sorry,' zei ik.

De oude man voor me keek me doordringend aan, dacht diep na, kreeg toen iets guitigs in de ogen en legde zijn hand op mijn arm. 'Ik hoor het,' zei hij, 'maar ik zeg niks.'

Herkend worden hoort bij mij. Er zijn mensen die als aan de grond genageld blijven staan en je met een blik die naar ontsteltenis groeit aanstaren. Als ik doorloop en na enige meters omkijk, staan ze daar nog.

De handtekeningenjagers zijn van alle tijden. Schrijfgerei hebben ze zelden bij zich, zodat voorbijgangers worden aangehouden. Met dat geleende materiaal word je dan gedwongen je naam achter op een trouwfoto, rekening, of bekeuring te zetten, terwijl ook vaak een blote blubberarm als papier dient. Al die tijd staat de eigenaar van de balpen zich ongeduldig te ergeren: hij is niet zelden een fan van Sonja Barend en zegt dat ook. Uit balorigheid teken ik dan met Koos Postema. Niemand merkt het.

Niet benijdenswaardig is ook de situatie waarin je

gevolgd wordt door een klas op schoolreis die spontaan het mooie lied *Dag een van de acht* inzet en dat de hele Efteling volhoudt.

Maar ver in de meerderheid zijn de gillers en roepers. 'Hallo' en 'hé daar' is nog tot daar aan toe. Dan zwaai ik onhandig en kijk opeens zeer geïnteresseerd naar de dichtstbijzijnde etalage. Warmer krijg ik het bij 'Miés, Miéssie'. Het wil dan nog wel eens voorkomen dat ik ook de winkel in ga en in godsnaam maar iets koop. Een set plastic haarkrullers en een melkbeker met *MAMA* erop herinneren me aan die incidenten.

'Ik hoor het, maar zeg niks' was echter nieuw.

Aardige man, dacht ik. Zijn hand lag nog steeds op mijn arm. 'Willeke Alberti heb ik daarstraks ook gezien,' vertelde hij, 'maar ik heb niks gezegd, hoor, want dat is niet prettig voor jullie, je wil ook wel eens een keertje op jezelf zijn, ja toch?'

Ik knikte. De mevrouw voor me keek om en lachte met een vierkante mond, alsof ze in een citroen had gebeten.

En hij vervolgde: 'Je woont hier anders mooi, prachtig is het hier met al dat groen. Mensen, mensen, wat een groen, je kunt dat gerust een wonder noemen, het wonder van de natuur. Maar de meeste mensen zien dat niet, weet je dat, ze zien het niet, omdat ze niet zo zijn opgebracht. Zie jij het?'

Ik knikte en hij lachte tevreden.

'Leuk, leuk vind ik dat, dat jij dat ook ziet en dan zal ik je 'ns wat vertellen: ik zat vroeger ook in het fruit en de groenten. Ik had toen mijn paard nog en dat was mooi, al die vrouwen aan de kar. Die maakten een praatje, die roken eens aan een appel, die voelden een kool, die wogen ze in de hand, begrijp je, daar hadden ze de tijd voor, daar hadden ze aardigheid in.

Tegenwoordig is dat niet meer zo. Haasten, haasten is 't en ze hebben allemaal ergens wat: pijn in hun hoofd of ellende in de familie, dat komt ook heel vaak voor, ellende in de familie. En dan denk ik bij m'n eigen: mensen, jakker toch niet zo, waarvoor toch al die haast, vroeger deden we 't kalmpjes aan en dan kwamen we d'r ook, maar jullie racen met honderddertig kilometer over de dijk en je ziet niks en niemendal, de zwanen niet en de waterhoentjes niet en waterhoentjes, die lopen toch zo aardig, heb je dat wel eens gezien?'

Ja, die had ik wel eens gezien, dus knikte ik weer. Zijn hand die nog steeds op mijn arm lag, gaf me nu een goedkeurend kneepje.

'Ik zal je nog 'ns wat vertellen,' zei hij, 'en dat zal je misschien gek vinden. Soms, als het van dat opklarende weer is, mooi hoeft het niet eens te zijn, gewoon alleen maar opklarend, dan zeg ik tegen mijn vrouw: "Geef mij m'n boterhammetje maar buiten."

Dan pak ik m'n stoel en die zet ik dan in m'n tuintje en dan ga ik daar zitten en dan zeg ik: "Vrouw, kijk nou 'ns om je heen. Zie je die paardenbloem, of zie je die distel, 't is op het eerste gezicht niks bijzonders, maar kijk nou 'ns goed, het is werkelijk een wondermooi verschijnsel."

Maar mijn vrouw die ziet dat niet, die komt van de stad, en die van de stad, die hebben daar geen oog voor. Gek, hè?'

Ik wilde iets inbrengen, maar hij had nog meer.

'Met de kinderen is het ook vreemd. Je hebt ze zo goed mogelijk opgebracht, maar de tijd zit niet mee. Als je de muziek hoort waar ze naar luisteren en je ziet de blaadjes die ze lezen, dan denk ik wel eens: jullie zoeken 't op de verkeerde plaats. Een merel kan toch zo mooi zingen, en een wolkenlucht, die verandert met de minuut, daar raak je niet op uitgekeken. Maar ja, dat zijn praatjes voor de vaak. Je bent aan de beurt, kind. Neem de andijvie maar, die ziet er prachtig mooi uit.'

Ik nam drie pond. Toen ik de winkel wilde verlaten, hield hij me nog even tegen.

'Ik zeg niks, maar je weet wat ik zeggen wil.' Ik knikte.

Thuisgekomen zag ik de paardenbloemen op het gras. Mooi.

Make-up

Net terug van een televisieopname zit ik in de snel aangetrokken pyjama, op blote voeten en prachtig geschminkt achter mijn schrijfmachine.

Een vlag op een modderschuit, ja zeg dat wel. Maar lekker dat ik me voel! En móói!

Dát nu, beste mensen, is het wonder van vakkundige make-up. Ik laat het er na iedere uitzending dan ook op zitten, tot ik van vermoeidheid omver val. En ik niet alleen.

In de schminkkamers van de tv-studio's kun je dagelijks de verwarring zien bij mensen die met een minderwaardigheidscomplex binnenkomen en zich omstandig verontschuldigen voor te dikke neuzen, couperosewangen, smerige pukkels en nooit meer weg te denken rimpelvelden. Geslagen zakken ze achterover in een soort kappersstoel en sluiten gelaten de ogen, voorbereid op het ergste. Waarna ze worden volgeverfd, volgesmeerd en volgepoederd, maar zichzelf troosten met de gedachte: lelijker dan ik was zullen ze me wel niet maken.

Dan komt het wonder. De schminkster zegt: 'Ziezo,' en iedereen, ik ook, iedere keer weer, doet voorzichtig de ogen open, kijkt in de spiegel en gelooft diezelfde ogen niet. Want we zien er beter uit, niet echt mooi natuurlijk, maar wel mooier, zeker weten.

'Ó!' zei een mevrouw uit een klein Hollands dorp die van d'r leven nog geen lippenstift had gebruikt en zich voor het eerst met alles erop en eraan in de spiegel zag. En opnieuw zei ze, langgerekt en verbijsterd: 'Ó...'

'Ze zeggen dat jullie met een lijntje ogen groter kunnen maken, kan dat écht?' vroeg haar zuster, die het volgende slachtoffer was.

'Ja, dat kan,' antwoordde de schminkster.

'En monden kleiner?'

'Ook dat.'

'Ó,' zei de zuster en toen, na even nadenken: 'Nou nee, laat toch maar, want de kinderen kijken en dan herkennen ze me niet.'

Die zuster was dus snel klaar in de schminkkamer. Maar de meesten van ons niet.

Gewillig staan we toe dat ze onze sproeten, wallen onder de ogen, opkomende puisten en diepe groeven laten verdwijnen. 'Ja, doet u maar,' zeggen we blij als we zien hoe wenkbrauwen dikker worden getekend, liplijnen vergroot, halzen een zonnig kleurtje krijgen en wangen als perziken blozen. Prachtige eenzame haren kunnen ze ook plakken tussen onze schrale wimpers, zodat er schaduwen vallen als we ermee knipperen. En als ze donkere poeder onder onze kinnen en langs onze kaken aanbrengen, zien we er hongerig en bijna interessant uit.

Aldus geplamuurd is het extra prettig na afloop van een televisie-uitzending nog een afspraak te hebben. Want dan maak je de blits. 'Wat zie jij er te gek uit!', 'Ben je op vakantie geweest?', 'Je wordt met de dag jonger!', dat soort opmerkingen hoor je dan.

Helaas, vanavond geen enkele afspraak meer. En het

is intussen half elf, op aanloop valt ook niet meer te rekenen.

Ik ga dus maar naar de kamer waar een dochter voor de tv zit. En die dochter kijkt even op, dan weer terug en zegt: 'Hè ma, haal in godsnaam die vieze troep van je gezicht!'

Willem

Het treurigste van bekend zijn is dat je, ondanks een portie gezond verstand, toch gedeformeerd raakt. Je bent niet meer onder alle omstandigheden jezelf; zonder dat je het wilt zeg en doe je dingen wel of niet waar je later diep ongelukkig over bent.

Zoals bij de dood van Willem Ruis.

Je hoort het bericht als je thuiskomt van vakantie en je gelooft het niet, wilt het ook niet geloven. Maar dan gaat de telefoon, een krant vraagt om een reactie, en in je achterhoofd klinkt automatisch 'pas op', want ze verdraaiden je woorden zo vaak. Dus reageer je zakelijk en nietszeggend. En dat betreur je later erg.

Spijt heb je ook dat je niet meewerkte aan het herdenkingsprogramma van de VARA, maar opnieuw was je bang om écht iets te zeggen, omdat dat veel te persoonlijk zou zijn, je hebt hem té goed gekend. 'Pas op,' hoor je weer, 'voor je het weet ga je huilen en wordt het een vertoning.' Dus zeg je nee op de uitnodiging, een beslissing waar je later, als je naar het programma kijkt, weer ongelukkig over bent.

Dan komt de begrafenis en in eerste instantie wil je daar ook niet naartoe, want al die bekenden, het journaal en overal fotografen: weken later sta je nóg in alle bladen.

Maar de deformatie kent grenzen, een vriend is gestorven en je wilt afscheid van hem nemen. Dus ga je toch, maar je blijft helemaal achterin, want je hoeft niet zo nodig gezien te worden, je wilt er alleen maar zijn. En daar sta je dan en je hoort zijn manager zeggen dat het de wens van Willem is dat er niet wordt gesproken.

De wens van Willem? denk je, en een hevig verlangen bevangt je om het hele protocol te doorbreken en naar voren te gaan om onvoorbereid iets fantastisch te zeggen, zomaar recht uit het hart. Want daar hield hij van, oprecht en groots moest het zijn, ongeacht het risico.

Maar ook dat heb je niet gedaan. En de spijt is groot en blijft je bij.

Het is nu zoveel later, de televisie begint aan weer een nieuw seizoen. Een paar onbekende gezichten verschijnen op het scherm en zullen het misschien gaan maken. Verder de oude getrouwen, ze doen hun best. Maar Willem is er niet meer, Willem is dood, ik kan het nog steeds niet geloven.

'Stel, je was hoofdfiguur in een sprookje. Wat volgt er dan op: "Er was eens..."?' vroeg ik hem vijf jaar geleden als eerste van 50 vragen voor *Margriet*.

En Willem antwoordde: 'Er was eens een arm jongetje dat ontzettend graag bij de televisie wilde, en ook bij de televisie kwám. En hij had succes en leefde nog lang en gelukkig met zijn gezin.'

Eens

Vandaag had ik het weer, dat ik eraan dacht. M'n gezonde verstand zegt me dat je de dingen niet moet overhaasten, want je bent maar eens jong, geniet ervan.

Dat neemt niet weg dat ik ernstig rekening houd met de mogelijkheid dat op een dag een van de dochters thuiskomt met een voor mij vreemde heer, en zegt: 'Nou, ma, dit is 'm dan.'

En daar sta ik dan met die persoon van de andere kunne alleen in de kamer omdat zij na die woorden onmiddellijk in de keuken verdwijnt om zich op een boterham met kaas te storten. Dat doen ze alle drie als ze thuiskomen, zo'n gewoonte gooi je niet direct bij de eerste de beste Jan, Piet of Klaas overboord.

Jan, Piet of Klaas, het idéé...

Ik heb me nu al voorgenomen geen al te haastig oordeel te vellen over die nieuwe tafelgenoot, z'n uiterlijk zal er dus niet toe doen. Of hij nu een das draagt of een veiligheidsspeld in z'n oor, loenst of een baard heeft: hartelijk welkom zal-ie zijn, dat wil zeggen: welkom, ik moet het vooral niet overdrijven.

Maar wat moet ik zéggen?

In het verleden kostte het me geen moeite te converseren met mensen als Joseph Luns, Majoor Bosshardt,

Simon Carmiggelt en Sylvia Kristel, om maar eens een paar buitenplaatsen te noemen. Maar een schoonzoon, hoe spreek je die toe?

'Waar komt u vandaan?' vroeg mijn vader lang geleden streng aan de man met wie ik intussen negenentwintig jaar getrouwd ben, en: 'Verdient u genoeg om mijn dochter te kunnen onderhouden?'

Mijn moeder vond dat goeie vragen, ze luisterde er tussen de schuifdeuren instemmend naar en kreeg tranen in haar ogen toen ze de antwoorden hoorde, want dat huilen om niks, dat zit in onze familie, ik jank wat af.

'Geen duffe vragen en geen gesnik, dat beloof ik jullie,' zei ik daarom tegen de dochters toen ik het onderwerp laatst weer eens ter sprake bracht. Maar ze reageerden niet, aten hun bord leeg en lieten me alleen de tafel afruimen, wat een teken was dat ik goed fout zat.

Nou ja, beter nu fout dan straks. Straks...

Ik zou er echt als een moeder willen uitzien, in zwarte broek en zwarte trui dus, want dat hebben de dochters wel eens gezegd: 'Leuk zie je eruit, ma.' Maar als die jongen nou een moeder had die altijd in een bloemenjurk rondliep? Of in een plooirok met twinset en nepparelketting? Het kon ook zo'n type zijn dat alles zelf breit en weeft, droogboeketten aan het plafond hangt, en macramé voor de ramen. Waar haalde ik al die sfeertjes dan zo snel vandaan?

En in alle gevallen blééf het conversatieprobleem.

De dassendrager zou wel gehockeyd hebben, voor de veiligheidsspeld wist ik iets over Herman Brood en misschien vond de loenser het leuk dat ik Marty Feldman ooit ontmoette. Maar die figuur met baard en de zemelen nog achter de kiezen, welke gespreksstof kon ik voor hem uit de kast halen? Ik maak de compost zelf en die compost mag er wezen, dat is een ding wat zeker is, en toen de beerput overstroomde heb ik de beerputleger dringend verzocht de familiepoep onder de rododendrons te spuiten en goed, hoor, ze bloeiden als nooit tevoren. Maar om als a.s. schoonmoeder nou direct het ijs te breken met een poepverhaal...

Wat zou zo'n jongen trouwens tegen me zeggen? Waarschijnlijk is hij jong genoeg om me nog als 'Vrouwtje Bouw' naast Zwarte Piet en Sinterklaas op de tv te hebben gezien wanneer ik de goedheiligman op de koudste plekken van Nederland inhaalde. Maar het kan ook zijn dat hij naar *Mies* keek en me zo noemt. 'Hallo Mies,' zegt hij dan. Ik zou dat zeer vervelend vinden en hem vlees geven, ook al is hij vegetariër.

Wat kook je trouwens op zo'n eerste avond? Als hij in de twintig is heeft-ie honger, en in de twintig zal hij wel zijn, denk ik, hoop ik, ik bedoel: daar mag je toch vanuit gaan, tenzij ze onverhoopt met een kerel van vijftig of zestig aankomen natuurlijk. Maar dan zijn al dit soort problemen er niet, dít soort niet.

'Een ouwe of een jonge?' vraag je dan, en als hij er drie opheeft: 'Het kan me niet schelen, hoor, maar wat denk je: moeten we niet eens even praten?'

Een ouwe of een jonge, een waarvan je zegt 'Hè ja', of 'O jee'. Een leuke extra zoon of een te slikken gast: wat zal het zijn? En wat moeten we in alle gevallen éten, ik blijf daarmee zitten.

Dan hoor ik de buitendeur open en weer dicht gaan, stappen in de gang, stappen in de keuken, geluiden van de broodla en de ijskastdeur, rinkelend bestek en een stem uit de verte die opgewekt roept: 'Hallo, ma, ik kom zo, even een boterham.'

Verbeeld ik het me, of haal ik opgelucht adem?

Lekker

Een kind met rooie wangen van de wind.

De geur van regen op asfalt na een warme dag.

In bed stappen tussen schone lakens.

Alle kinderen thuis.

Koeien in de mist met alleen de koppen erbovenuit.

Een zonnige namiddag aan de Merwede.

Samen bramen zoeken.

Een kus van een zoon.

Dát zijn de dingen die ik lekker vind, dingen die me een gevoel geven, dat ook wel geluk heet.

Ik spreek er anderen over aan en zeg: 'Heb jij dat ook, dat je zomaar midden op de dag iets ziet, ruikt, hoort, iets dat je warm van binnen maakt en waarbij je denkt: ze zoeken het maar uit, want kijk nou toch eens?'

Korstmos op een muurtje.

Picknickplaats zonder mieren.

Stekjes die het doen.

Dát zijn leuke dingen voor de mensen, dáár voel je je lekker bij.

Ik ben me ervan bewust dat bij dit soort bekentenissen de hysterie om de hoek ligt, voordat ik het weet wordt dit een heel eng stuk.

Daarom ben ik met pen en papier rondgegaan en heb de mensen die ik toch dagelijks tegenkom, gevraagd of ze ook voorbeelden kennen in dit genre. En dát was aardig, dat was léúk, dat werd een spel dat wel eens een rage zou kunnen worden. Want iedereen doet mee, iedereen heeft meteen zin om te gaan zitten denken. Je moet het wél even uitleggen, goed vertellen dat je dingen bedoelt waarvan je kunt genieten, omdat ze er gewoon zíjn.

En het mag geen geld kosten. En het moet te publiceren zijn. Dingen dus, waar je je lekker bij voelt, lekkere dingen zal ik maar zeggen.

Goed, daar gaan we dan met mijn oogst van één dag:

Allemaal samen aan tafel.

Erwtensoep tijdens een hittegolf.

Jonge konijntjes, huppelend in het gras.

Spoorbomen die áchter je dichtgaan.

Terugkomen van vakantie.

Een fijne droom dromen, die je je 's ochtends nog herinnert.

Een schone wc in Frankrijk.

Je vol eten en toch niet aankomen.

Zonnestralen door de wolken.

Een complimentje krijgen als je het verdient.

Jeuk hebben op een plek waar je bij kunt.

In één keer uitkomen met patience.

De kinderbijslag.

Passen in een oude rok.

Mimosa die wollig wordt in de vaas.

Denken dat de melk op is en nog een volle fles vinden.

De geur van een baby.

In één keer een parkeerplaats vinden.

In één keer een parkeerplaats vinden zonder meter.

Huiswerk voor een kind maken en een negen krijgen.

Een schoon fornuis.

Wakker worden om zes uur en weten dat je pas om zeven uur op moet.

De slappe lach met zijn allen.

Iemand die luistert.

Een auto met bevroren ruiten, die meteen start.

Oude foto's vinden en constateren dat je er nu beter uitziet.

De kust naderen.

Wakker worden door de vogels.

Iets terugkrijgen van de belasting.

Groen gras na sneeuw.

Hier laat ik het dan maar bij, zo is het genoeg voor vandaag. Als straks mijn man thuiskomt met een hele vers gerookte zalm uit de rokerijen van IJmuiden, roep ik 'lekker', dat wel. Maar dat doet-ie niet en daar gaat het ook niet om. U voelt het spel, hoop ik, en dat spel is uitstekend.

Iedereen leeft op bij de herinnering aan veel bestaande zaken, en niet om het een of ander, maar je hoort de vreemdste dingen.

Iemand die 'een nieuwe nertsjas' zegt, valt natuurlijk meteen af. Het mag een sympathiek mens zijn, maar ze doet niet meer mee. Ze heeft er namelijk helemaal niets van begrepen. Ieder van ons kan wel roepen: 'Een boerderij in Frankrijk, een cruise op de Middellandse Zee en een facelift in een kuuroord.'

Maar daar hebben we het niet over.

Op mijn verjaardag kreeg ik van iemand een cognacglasverwarmer. Die staat nu bij mij onder in de opbergkast. Het was absoluut aardig bedoeld, maar toevallig hou ik niet van cognac: aan een cognacglasverwarmer heb ik dus ook niks. Trouwens: wie haalt het in zijn malle hersens om iemand zo'n onding te geven, terwijl je voor hetzelfde geld minstens twintig bossen narcissen kunt kopen, die in de nacht openbarsten tot iets onbeschrijflijk moois?

Hebt u trouwens wel eens naar een beijzeld rododendronblad gekeken?

Zag u de regenboog?

Een spinnenweb in wording, volgde u dat ooit?

En luisterde u naar de koekoek, heel ver weg?

Een aspergeplant zonder dopluis.

Het publiek van André van Duin.

Een brief die je niet verwacht.

En in mijn geval: een dag zonder telefoon. Lekker, hoor, erg lekker allemaal.

Nee, je kunt het niet inpakken en meenemen, maar onthouden kun je het wel.

En mag ik nou eens wat zeggen?

Ik ben zo ontzettend benieuwd naar úw lijst.

Kritiek

Wie voor de televisie werkt, wordt bekritiseerd. Wie veel voor de televisie werkt, wordt dus zeer vaak bekritiseerd. En die kritiek kan goed of slecht zijn. Wie alleen de goede accepteert en de slechte als onzin naast zich neerlegt, kan beter meteen naar een andere werkkring uitzien, maar wie zich de slechte aantrekt en de goede niet gelooft, doet er verstandig aan onmiddellijk in bed te kruipen: die wordt ziek.

Ik kan het weten, want ik heb zowel van de goede als de slechte kritieken m'n portie gehad. Dat ik het overleefde en na al die jaren televisie nog vrij rustig ademhaal, komt waarschijnlijk omdat ik iedereen z'n eigen mening toesta, er steeds van overtuigd was dat ik in ieder geval m'n uiterste best deed, en heilig geloof dat de volgende dag de zon toch weer zal opkomen.

Dat wil niet zeggen dat kritiek mij altijd onbewogen laat. Een baas die vlak voor een uitzending zei: 'Doe je best, meid, rotter dan de vorige keer kan het niet,' bezorgde me een hoogst irritante zenuwgiechel die de eerste tien minuten van het programma goed te horen viel. Ook hoefde m'n echtgenoot die me eens bij thuiskomst verwelkomde met 'Je zag er wél goed uit', de volgende morgen echt niet te rekenen op een ontbijtje op bed.

De uitbundige loftoezwaaiers daarentegen moeten geen seconde denken dat ik ze in m'n testament opneem. Ik kan ze zelfs niet garanderen dat ik bij een volgende ontmoeting hun naam weet. Want niemand is 'het einde' en geen mens 'onvervangbaar' en wie durft te zeggen 'Wat u kan, kan geen ander', moet onmiddellijk gaan hardlopen en in ademnood raken zodat die onzin snel vergeten wordt.

Dus nóóit iets écht leuks?

Jazeker, want neem die keer toen ik in het Amsterdamse Odeon Theater een modeshow presenteerde. Geen gewone. Acht eindexamenkandidaten Styling van de Mode Academie Charles Montaigne lieten daar hun eigen collectie zien aan de vakpers, het bedrijfsleven, de reclamewereld en de modemensen. En ze deden dat op eigen initiatief, omdat ze na het beëindigen van hun studie een baan wilden hebben. Ze wisten dat dat een moeilijke zaak was, want de tijden zijn slecht en begrippen als recessie en werkloosheid gingen niet aan hen voorbij. Toch waren ze niet somber, integendeel. Ze wilden er hard tegenaan, want: 'Sorry, maar wij kunnen wat en ons enthousiasme is groot: het enige dat ons ontbreekt zijn de goede contacten. Vandaar.'

En dat was het verhaal waarmee ze bij me kwamen, een uitstekend verhaal vond ik, dus dat zei ik. Direct daarop volgde het verzoek of ik dan maar voor nop het commentaar bij die show wilde verzorgen. En wie zegt dan nee?

'Ja,' zeiden vervolgens verschrikkelijk veel mensen en zaken die op dezelfde directe manier werden benaderd. Want de acht moesten het daar wél van hebben, ze hadden geen middelen, alleen een heilig geloof. En wat bleek? Het geloof heeft z'n werking nog niet verloren.

Een bloemenboetiek vervaardigde van rododendrons en groen uit de tuin van een van de deelneemsters een schitterend showstuk op het toneel, gerenommeerde schoenenzaken bezweken voor hun enthousiasme en overredingskracht en leenden al het schoeisel dat nodig was. De drukker reageerde hetzelfde en drukte de uitnodigingen tegen kostprijs. En de make-upjongen die tientallen tubes leegkneep op vijfendertig mannequins zei ook 'Laat maar zitten'. De leraren van Montaigne lieten zich overhalen om het decor, de regie en de muziekbanden te verzorgen, het theater stelde zijn medewerkers beschikbaar voor geluid en licht, ouders belegden broodjes en zetten koffie, en zusjes, vriendinnen en medestudenten fungeerden als mannequin.

Het was uitverkocht én een laaiend succes, onvergetelijk was het; een cadeautje om erbij te hebben mogen zijn.

Het kostte me dan ook geen enkele moeite om aan het einde een groot applaus te vragen voor die acht die de naam van Nederland, ondernemersland aardig hooghielden. En dat kregen ze, ovationeel. Toen was het afgelopen. Het werd stil en daar stonden ze, de initiatiefneemsters, op een kluitje bij elkaar: moe, warm en met zo'n blik van 'Goh, dat wás 't dan'. Weken hadden ze geregeld en gedraafd, nauwelijks gegeten en geslapen, alleen maar naar die éne dag toegeleefd. En dan opeens is het voorbij, over is het, je zou wel willen huilen, ik ken dat gevoel.

Daarom bleef ik nog even en zei dat het fantastisch was en hartverwarmend. Dat meende ik uit de grond van m'n hart, want zoveel inzet, durf en enthousiasme had ik in geen tijden meegemaakt, zoveel leuke collecties had ik trouwens in geen jaren gezien.

Er kwam er toen één naar me toe die me een kus gaf en hartelijk bedankte. En na haar kwamen er nog zes. En pas toen kwam nummer acht.

We hadden het aan het begin van dit stuk toch over kritiek? Nou, hier is een voorbeeld van een onvergetelijke, want nummer acht gaf me een dikke pakkerd en zei: 'Je deed 't prima, mam.'

Waarzegster

'Het gaat gebeuren,' zei ze. 'Wanneer weet ik niet, maar lang zal het niet meer duren.' En toen, met een bijna dramatische zucht: 'Fijn dat ik je nog even zie.'

'Ja hoor,' lachte ik, zoals ik een vorige keer had gelachen, toen ze het over de dood had. 'We gaan allemaal een keer, maar vandaag leven we nog, dus geen gezeur: hoe is het?'

Maar ze reageerde niet. 'Het gaat gebeuren,' herhaalde ze mat. Waarna ze haar lieve hoofd van mij afkeerde en nietsziend naar buiten keek. En dat was eigenaardig. Tijdens de tien jaar dat ze daar zat voor het raam in het bejaardenhuis, was bezoek als het dagje uit van vroeger: ze wilde er geen seconde van missen. Heel vervelend natuurlijk dat de benen niet meer wilden, 'maar vertel, hoe is het met de kinderen, en de televisie, en schandelijk toch, die fraude overal, maar Lubbers doet het goed hè, of niet?' Heel vrolijk keek ze dan, en kien, want ze wilde wel bijblijven. Dus dagelijks de krant in de bus. En kijken naar het journaal. Geen verjaardag ook vergeten. En een sigaar voor het herenbezoek, de trommel vol koekjes, en altijd de deur op een kier: gezelligheid kende geen tijd.

Twee uur doet ze over het aankleden, dus twee uur over het uitkleden ook. Maar toch altijd oogschaduw op, een zilverblauwe spoeling in het dunne haar, een vrolijk sjaaltje om, lak op de nagels van broze vingers. 85 jaar jong was ze en een toonbeeld van mooi ouder worden. Na een bezoek aan haar zag ik het vijf-en-zestigplussen wel weer zitten.

Maar die dag niet, die dag was alles anders. Stil bleef ze uit het raam staren en pas na lang aandringen wilde ze wel vertellen wat haar dwarszat: het was haar dochter, die naar een waarzegster was geweest en te horen had gekregen dat haar moeder zou sterven.

'Zei ze dat?' vroeg ik ongelovig.

Verdrietig schudde ze van nee, maar 'ze zeggen altijd iets naars over een sterfgeval in de familie en de enige die daarvoor in aanmerking komt ben ik'.

'Onzin' wierp ik tegen en ik pakte haar hand, haar arm, en schudde haar een beetje, zoals je doet bij iemand die een boze droom heeft.

'Niks onzin,' zei ze, 'sinds ze bij dat mens is geweest komt ze iedere dag langs.'

'Gezellig toch?'

Ze schudde nee. 'Daarvóór deed ze dat niet, dan kwam ze hoogstens één keer per week.'

'Misschien is ze haar leven aan het beteren,' opperde ik.

Maar ook dat had niet het gewenste effect, want: 'Gisteren zelfs met bloémen.'

Ik zei dat dat toch lief was, dat ze moest ophouden met piekeren en dat ze zich zelfs een beetje zou moeten schamen, want zo'n belachelijk verhaal geloofde ze toch niet écht? Maar het had geen zin. Ze was en bleef overtuigd van haar naderende einde en het bewijs ervoor was dat plotselinge dagelijkse familiebezoek.

Verdrietig verliet ik haar kamer en nam de lift naar

beneden. Toen ik uitstapte, botste ik tegen de dochter op die net naar boven wilde. We hebben even staan praten. Daarna zijn we samen weggegaan.

Het Savoy

Drie uur moet ik doden in het Savoy Hotel in Londen, wachtend op een meneer die mij dringend moet spreken. Ik neem plaats in de koffielounge en krijg van de ober een pot vol met de tuut opzij. Hij vraagt me in Oxford-Engels of hij het voor me in zal schenken. Ik knik, anders wordt het toch maar knoeien. Ik neem het kopje ter hand en zie dat twee keurige heren het mét schoteltje naar de mond brengen, en doe dat na. Het is geen lekkere koffie, maar ik slik het door. Zo'n pot kost drie gulden vijftig, ik bedoel maar.

Dan kijk ik rond. Twee Japanners praten driftig, ik luister en schiet in de lach als zij in de lach schieten. Ze kijken me verschrikt aan en fluisteren daarna.

Een heer met een echte witte zakdoek in de borstzak niest in zijn hand. De dame naast hem heeft zo'n opvallende hoed, dat je de eerste vijf minuten vergeet naar haar gezicht te kijken. Als je dat ten slotte toch doet, begrijp je die hoed.

Ik zit daar drie kwartier, dat is lang op één pot. Waar nu naartoe? In de hal zie ik een bord met *Barber* staan. Een schoon hoofd is nooit weg, dus volg ik de pijlen. De laatste wijst naar een deur en daarachter danst een knaap die mij in een blauwe jas en roze handdoek hult. Voordat ik het weet, lig ik aan de wasbak waar ik besproeid en geaaid word en *milady* word genoemd. Dan word ik naar een andere plek geleid, naast een open raam. 'Zullen we het voor u dichtdoen, milady?' 'Nee hoor, lekker zo.'

'Misschien is het te koud voor milady?' 'Nee, het is goed zo.' 'Als milady het te koud krijgt, moet milady het zeggen.' 'Nee, milady zegt niks.' 'Zoals u wenst, milady.'

Als ik drie kwartier later buiten sta met m'n scheiding aan de verkeerde kant en pijpenkrullen langs m'n oren, weet ik dat milady het damestoilet moet opzoeken om de borstel er fiks doorheen te halen. Richting *Ladies* dus.

Het Savoy-damestoilet is niet te beschrijven. Je komt in een ontvangstruimte waar een 65-plusser je 'lieverd' noemt, betreedt vervolgens een spiegeldoorloop waar je jezelf tot in de eeuwigheid vermenigvuldigd ziet, komt dan in een ruimte vol kaptafels en belandt pas dán in het compartiment waarvoor je gekomen bent.

Ik breng er een halfuur door met tanden poetsen, gezicht bijwerken, rondsnuffelen en handen wassen en praat nog wat na met het grijze dametje, dat zeer ontstemd is over het weer. 'Ik vond het buiten heel prettig,' zeg ik. 'Ja, maar de voorspellingen zijn ongunstig,' zegt zij. 'Voorspellingen komen niet altijd uit,' zeg ik. 'Dat is zo, maar er is een gemene wind,' zegt zij. 'Daar heb ik weinig van gemerkt,' zeg ik. 'Mijn schoonzuster is er vorig jaar anders erg ziek van geworden,' zegt zij. 'Hoe is het nu met uw schoonzuster,' vraag ik. En zij: 'Heel goed, lieverd, dank je.'

Ik kom weer terug in de hal en heb nog een uur. Wat nu weer. Geregeld zie ik kleine gezelschappen een trap afgaan. Ik besluit ze te volgen en kom terecht in een immens restaurant, waarvan het voorste deel praktisch leeg is. Ik besluit in dat voorste deel plaats te nemen.

Daar zit ik dan, met jas, beautycase en twee plastic tassen vol in de haast gekochte goedkope truien. Een ober nadert. Hij is het type gangster uit de peetvader deel 1, maar ook de hartverwarmende Italiaanse vader van dertien kinderen in een overjarige Amerikaanse kerstfilm.

'Wat had u gehad willen hebben, madam, een warme lunch of een koude schotel misschien, onze salade kan ik ook aanraden, u zegt het maar.'

Ik voel enige paniek, weet geen prijzen, heb even tijd nodig en zeg: 'Bent u Italiaan?'

De man loert snel om zich heen, ziet dat niemand kijkt en zegt: 'Nee, madam, Griek ben ik, Géorgé is de naam, maar hier zeggen ze George.'

'U spreekt uitstekend Engels.'

'Veertien jaar Savoy, madam, ik spreek vijf talen, maar soms ben ik bang dat ik mijn eigen taal verleer.'

'Wilt u niet terug naar Griekenland?'

Hij gooit de armen onbeheerst omhoog, laat ze snel zakken als hij de gerant ziet en zegt: 'Wat is willen, madam. Ik werk van twaalf tot drie en van zeven tot half vier, geen gezinsleven, maar wel goede verdiensten. Wat kan ik voor u bestellen, madam.'

Ik neem de zalm en doe er heel lang over. In mijn nek kriebelen echte varens. Voorzichtig lopende oudere heren strompelen af en aan. Hun pad wordt slechts gekruist door Indiërs met bakken vuile vaat en blanke obers die anti-weightwatchers-gerechten torsen. Boven mijn hoofd stralen gigantische kronen vol porseleinen rozen, een vrouw in rood fluweel schrijdt op cowboylaarzen naar de eetzaal.

Géorgé brengt de zalm. Hij ziet dat ik zit te schrijven en lacht begrijpend: 'Journaliste hè?'

Ik knik bescheiden. 'Beginnend zeker?' Ik knik opnieuw.

'Geen zorgen,' zegt Géorgé, 'altijd moeilijk beginnen, maar u komt er wel, dat voel ik.'

't Is niet veel zalm, al eet ik flinterhappen.

Om tijd te rekken lees ik aandachtig de kaart op mijn tafel, waarop met krulletters wordt vermeld dat die avond James Stuart Gordon zal spelen met het Savoy-orkest.

Dan staat de Griek weer naast me. 'Nog iets van uw dienst, madam?'

'Nee, ik wil betalen.' 'Dat is vervelend.'

'Ja, maar ik wil het toch.' 'Ik aarzel.'

'Geef me de rekening nou maar.'

'Oké, ik geef 'm u, maar met verdriet in m'n hart.' 'Dank u.'

Als ik betaal, doe ik er een pond extra bij voor een bloemetje voor zijn vrouw. 'Echt kopen, hoor.'

'Natuurlijk, madam, dank u, madam, en ik hoop u eens terug te zien met uw vriend.'

Ik beloof het en verlaat de zaal.

Het is kwart voor drie. Ik bel Nederland en spreek met mijn 'vriend'. Thuis alles goed. Ik ga weer terug naar de hal en neem plaats op de bank.

Het wachten is nu op de mij onbekende meneer. Ik klem de plastic zakken in mijn armen, leun achterover en doezel weg.

M'n laatste gedachte is: there's no business like showbusiness.

Herkenning

Het toneel lag bezaaid met turfmolm, tegen de achterwand waren visnetten gedrapeerd. Late medescholieren zochten tevergeefs naar lege stoelen tussen de verzamelde ouders die te vroeg hadden plaatsgenomen. Toen dempte het licht: aanvang van *Picknick op het slagveld*, een absurdistische eenakter van Fernando Arrabal die gespeeld werd door eindexamenkandidaten van de pedagogische academie in Hilversum. En een van de spelers was onze dochter.

Eerlijk gezegd herkende ik haar niet direct door het opgestoken haar, de zorgelijke blik en de zachte stem, maar de jurk die ze aanhad, die kwam me wél bekend voor: een omroepstersjurk van lang geleden was het, míjn jurk!

Nou ja, dacht ik, en mijmerde terug in de tijd, totdat ik bij oktober 1951 was aanbeland: de datum waarop de televisie in Nederland begon en ik voor het eerst van m'n leven voor de camera stond, omringd door een kleine groep mensen met veel enthousiasme maar weinig middelen. Het was dan ook de gewoonste zaak van de wereld dat de toneelmeester geregeld onze hulp vroeg. Had iemand misschien een gatenplant die als achtergrond kon dienen voor een vraaggesprek, en wisten we wellicht een adres waar een staande klok stond die broodnodig was in een toneelstuk? Tapijt werd ook steeds gevraagd. En wie bezat twee parende parkieten in een kooi, een Verkade-koektrommel, boeken voor in de kast, een speeldoos met draaiend danseresje?

Wij dus, soms.

Vandaar dat in de eerste tv-toneelproducties steeds de eethoek van de regisseur te zien was en de staande schemerlamp van de geluidstechnicus en de schommelstoel van de lichtman. Aan de wand hing trouwens verschillende keren mijn reproductie van het danseresje van Degas, 's morgens uit m'n gehuurde kamer gesloopt, 's avonds onder m'n arm in de bus weer mee terug. Toen men na verloop van tijd de behoefte voelde aan enige decorvariatie werd een beroep gedaan op de buren van de studio, die zonder morren voor één avond een divanbed leverden en een ijskast met inhoud en zelfs een keer een bijna echte Rembrandt in gouden lijst: daar kon mijn danseres totaal niet tegenop. Maar geen verdriet daarover, integendeel. Aangestoken door de algehele leenkoorts (die zover ging dat we voor een oerwoudscène stiekem bomen uit het belendende bos haalden, maar ze na middernacht weer keurig terug plantten), gapte ik zelf óók links en rechts uit klerenkasten van vrienden en bekenden, bloesjes, sjaals, kettingen en jurken. Alles onder het motto: het enthousiasme is groot, maar de middelen zijn schaars. Want een tv-omroepster in 1951 was met zeventig gulden in de maand niet echt sterk; ze móést dus wel slim zijn.

Aan die geleende bomen, meubelen en parkieten en jurken dacht ik terug toen ik onze dochter op de toneelavond in mijn oude creatie zag verschijnen. En automatisch wist ik: er komt méér. Goed gedacht, want daar was opeens mijn boodschappenmand, waaruit achtereenvolgens een half volkoren, kaas, aardbeien en een ons vlees werd gehaald: het door mij geplande ontbijt voor de volgende morgen. Ook werd het Brussels kanten tafelkleed, cadeau van m'n ouders bij ons twaalfjarig huwelijk, op het turf uitgespreid. Direct daarna vernielde haar mannelijke tegenspeler de paraplu van mijn echtgenoot, waarop onze dochter verschrikt opsprong en een van m'n wijnglazen aan gruzels trapte.

'Vond je het erg, mam?' vroeg ze na afloop schuldig, maar ik antwoordde: 'Ben je gek, meid, fantastisch was het.' En dat méénde ik, want laat er geen misverstand ontstaan. Wát er in deze wereld ook aan afschuwelijks bijkomt en aan moois verdwijnt, één grote geruststellende zekerheid blijft: zo moeder, zo dochter.

Afscheid

Het riet boog in de storm die over het vlakke land gierde, uit de laaghangende wolken viel de regen als mist. Twaalf uur in de middag was het, maar in de huizen brandde licht. En niemand op straat.

Gebogen tegen de wind liepen we over de ophaalbrug en telden, zoals ons was uitgelegd, de paden aan de rechterkant van de weg. Maar we vertelden ons en moesten van ver weer terug, nu met hoog opwaaiende kragen en haren die over ogen sloegen, zodat we opnieuw bijna het bord misten dat ons de weg wees naar het houten gebouwtje waaruit het orgel klonk.

En daar lag hij, onze vriend: wij gingen hem die dag begraven. Als ik nu terugdenk aan die grauwe middag vol verdriet en weemoed om wéér een afscheid van iemand waarop we zo gesteld waren, is er één ding dat ik zeker weet: zoals hij begraven werd, zo wil ik het óók.

Geen laatste tocht naar een hypermodern crematorium met verantwoorde bloemenperken buiten en luxaflex binnen, niet zo'n oord met te veel in- en uitgangen waar je goed moet uitkijken, wil je niet bij de verkeerde dode staan snikken. Soms is daar een heer in stemmig pak op het kruispunt van veel wegen die je met een lijst in de hand vraagt voor wie je komt, waarna hij je met een beschaafd gebaar wijst waar je mag treuren. En altijd blijkt dat een ruimte met grindtegels te zijn, waarin palmen en cactussen niet echt groeien op synthetische korrels. Het verdriet dat onderweg groeide maakt plaats voor gêne wanneer je bij drukte verzocht wordt door te schuiven en lijf aan lijf staat met onbekende mensen, terwijl je bij een stille begrafenis niet weet of je naar iemand toe moet gaan die je bij de glaswand vagelijk bekend voorkomt. Om dan stomme zinnen te zeggen als: 'Geen vrolijke dag, hè?' of: 'Dat we mekaar hier nou moeten zien.'

'U kunt doorlopen,' of woorden van die strekking, uitgesproken door weer een andere stemmige functionaris, vind ik ook zo ontregelend. Want dan kom je in de zachte hifi, dichte gordijnen gaan elektrisch open, de kist wordt zichtbaar waarop de bloemen artistiek verantwoord liggen uitgespreid, de lintopschriften allemaal goed leesbaar. De lessenaar met microfoon staat klaar, waarachter ontredderden met groot verdriet, na een hoofdgebaar van weer een andere werknemer, hun afscheidswoorden mogen voorlezen vanaf blaadjes die trillen in hun handen.

En na afloop: áltijd koffie met cake.

Daaraan denkend, en aan nog zoveel ongenoemds, zei ik aan het eind van de dag waarop wij afscheid namen van onze vriend, in de auto, terug naar huis: 'Zo'n orgel dat soms jankt maar vooral zingt: dát wil ik wel, als het zover is. En ook dat koraal van Bach, "Bemoediging" heet het, dat moeten jullie maar meezingen, vooral couplet vijf. "De tijd draagt alle mensen voort, op zijn gestage stroom, ze zijn als gras, door zon verdord, vervluchtigd als een droom", dat spreekt me wel aan.'

En ik keek naar mijn man naast mij, hij zei niets.

'Niemand moet ook sprekers uitnodigen,' ging ik door, 'wie wat wil zeggen doet dat maar, net zoals vanmiddag toen die oom plotseling naar voren kwam en vertelde over de prima gesprekken die ze samen hadden gehad. En net zoals z'n dochter die een gedicht voor hem had gemaakt, een prachtig gedicht was dat, een kind zal voor je begrafenis maar zo'n gedicht maken.'

'Niet dat dat moet, hoor,' zei ik snel, want ik vond opeens dat ik postuum iets te ver ging. 'Maar dat het kán, zoals vanmiddag; fantastisch vond ik het.'

Mijn man zei weer niets.

'En dan die wandeling van ons allemaal,' herinnerde ik me, 'twee aan twee achter de kist door het dorp, een lange stoet in wind en regen, voorbij de laatste huizen naar de schaduw onder de bomen, met in de verte de ribben en het riet, precies de plek waarvan hij houdt: prachtig toch, daar teken ik voor.'

En omdat hij naast mij nog steeds niet reageerde, kon ik nog snel m'n laatste begrafenistip kwijt: 'En daarna allemaal naar het plaatselijk café waar warme kippensoep wacht en iedereen je omhelst en met je meeleeft, die velen of die paar, maar toch: die vrienden.'

'En dan naar huis,' besloot ik mijn herinnering aan een verdrietige prachtige dag. Maar dacht opeens, volschietend: o nee, hij alleen, terug naar die grote kouwe kast, wat afschuwelijk.

En voegde er daarom snel en met een rare stem aan toe: 'Nou ja, bij wijze van spreken dan, hè.'

Toen voelde ik zijn hand.

Als...

Als ik een dochter had die wilde gaan doen wat ik doe, dan zou ik eens met haar praten. Ik zou niet zeggen ‘Kind, ik moet ’ns met je praten’, want dat is natuurlijk het domste dat een moeder kan zeggen. Nee, ik zou een zorgeloos moment afwachten en dan, zo onopvallend mogelijk, met m’n boodschap voor de dag komen.

Ik zou dus zeggen: ‘Laatst dacht ik er opeens aan, hoe je als klein kind al precies wist wat je wilde, weet jij dat nog? Geen scheiding in je haar, lakschoenen met een knoopje, nooit een kus voor tante Thérèse en geen hap andijvie. Een stijfkop noemden ze je. Als je iets in je hoofd had, was je er niet vanaf te brengen. “Ik heb erover nagedacht,” zei je dan en dat was waar, je dacht over alles na en nam pas daarna een beslissing. Zal ik je eens wat zeggen? Ik vond dat fantastisch, en dat vind ik nog.

Alleen, je maakt het jezelf daarmee niet makkelijk. Als het om belangrijke dingen gaat, moet je natuurlijk vasthouden aan je standpunt, maar soms zou je, ja, hoe zal ik dat nou zeggen, misschien een beetje soepeler kunnen zijn. Soepeler, ja, dat is het woord.

Dit is geen kritiek, hoor, gewoon een goedbedoeld advies van iemand die door schade en schande wijs is geworden. Ik ben namelijk zo bang dat die eigenschap van je, die ik persoonlijk juist zo waardeer, je een heleboel onnodige last kan bezorgen. En daar moet ik niet aan denken, toevallig wéét ik wat je te wachten staat. En dat is niet mis. Wil je me daarom beloven dat je me belt als er iets gebeurt dat je niet begrijpt en waar je het totaal mee oneens bent?

Nee, stil nou, ik weet dat je alles begrijpt, maar echt, er kunnen zich dingen voordoen waarbij je denkt: wat krijgen we nou? Ze citeren je verkeerd, leggen je woorden in de mond die je niet gezegd hebt, geven een onaardige uitleg aan een goede bedoeling, maken grappen over je kleding, je haar, je spraak. Ja, lach maar, maar luister naar je oude moeder: dat soort dingen gaan gebeuren, ze gebeuren iedereen die in de belangstelling staat. En dat is vervelend, heel vervelend, je moet van goeden huize komen om ertegen te kunnen. Ze zullen misschien ook nare verhalen publiceren over je man, je kinderen, jullie gezin. Niet leuk allemaal, niet leuk. Wil je daar alsjeblieft boven staan en gewoon doorgaan met ademhalen, doorgaan dus met dat waar je mee bezig bent? Huil maar in bed, schreeuw maar tegen de muren, jammer bij die een of twee mensen waar je van op aan kunt. Of bel mij. Maar lach tegen de buitenwereld, kijk ze recht aan, laat ze niets merken van dat wat je van binnen opeet, want echt, dat is wat er van je wordt verwacht.

Ja, op een of twee vrienden kun je rekenen, maar op meer niet, ben ik bang. Er zijn wel horden mensen die om je heen dwarrelen als het je goed gaat, maar ze verbleken tot schimmen op het moment dat je ze écht nodig hebt. Daarin verschil je niet van anderen. 't Is alleen triest als je het merkt. En je zult het merken. Dat komt hard aan.

Je vader en ik, we hebben het er vaak over gehad of we je niet moesten waarschuwen. Maar ikzelf ben nooit gewaarschuwd en ondanks dat heb ik het overleefd. Wat moet ik dan met jou? Je bruist van enthousiasme, je hebt je uitstekend voorbereid. Alleen, je hebt de tijd niet mee. Liefde voor je werk is niet meer genoeg, je moet er rekening mee houden dat niet iedereen je automatisch met open armen ontvangt, niet iedereen er voetstoots van uitgaat dat je geweldig bent. Toen ik jong was lag dat anders. Toen stapte de dochter van de moeder in een gespreid bed; tegenwoordig komen gespreide bedden alleen nog voor in sprookjes. Daarom maak ik me zorgen begrijp je, dáárom.

Beloof me dus dat je me belt als er wat is, wát dan ook, beloof me dat!

Heb ik je wel eens verteld dat er in al die jaren een paar momenten zijn geweest dat ik het bijltje erbij neer wilde gooien? Ja, die zijn er geweest, maar je doet het natuurlijk niet. Als de mensen je niet meer moeten, is het een andere zaak, dan stap je op, en na jou een nieuwe heer. Maar tot die tijd ga je door, hou je de moed erin, blijf je geloven in dat waar je aan begonnen bent. Stel jezelf in zo'n geval alle rotvragen die er te stellen zijn; als je er oprecht antwoord op hebt, wordt het leven een stuk simpeler.

Praat ik nu te somber, sorry dan, dat is niet mijn bedoeling. Je bent zoveel jonger dan ik en straalt een vitaliteit uit waar ik jaloers op ben. Heus, 't zal lukken, het lukt, dat zul je zien, maar mocht het om welke reden dan ook een beetje te veel worden, toe, bel me dan. Dat is eigenlijk het enige dat ik wilde zeggen.'

En ik kijk naar dat kind van me, dat gespannen in de startblokken staat en maar één ding weet: zo meteen gaat het gebeuren, zo meteen moet ik winnen.

'Luister,' zeg ik, 'ik ben nog één heel belangrijk ding

vergeten. Wat ze je ook zullen aanpraten en wat ze je ook willen opdringen, probeer mij niet te imiteren. Ik ben ik en jij bent jij en dat is juist fantastisch en zo is het goed. Wat ik deed, hoeven ze niet te vergeten en al zeg ik het zelf, een aantal dingen deed ik niet slecht. Maar ik heb ook fouten gemaakt. Voor sommige heb ik een verklaring, van andere heb ik spijt. Alles was dus niet zo perfect als de vurigste aanhangers beweren, alles niet zo slecht als de felste tegenstanders verkondigen.

Doe jij het daarom op jouw manier; volgende generaties hebben geen behoefte aan een duplicaat van mij. Ik heb mijn tijd gehad, nu komt die van jou.'

En na dit alles gezegd te hebben, zou ik met alle liefde die in me is mijn dochter aankijken, haar in m'n armen nemen en hopen dat het haar goed gaat, écht goed.

Want zo gebeurt dat: bij televisiemensen, accountants, loodgieters, politici, kruideniers, advocaten, meteorologen, timmerlieden, muzikanten, onderwijzers, journalisten, naaisters, agogen, beroepsvoetballers, assuradeurs, slagers.

Ook bij koninginnen, denk ik.

Nawoord

Er was eens een meisje, vrolijk en klein.

Ze huppelde over de stoep en door de tuin. En de mensen stonden stil en zeiden: 'Wat een leuk meisje.'

Dat meisje was ik.

Als ik de verhalen van m'n ouders en hun vrienden mag geloven, wás ik ook leuk.

Maar wat is dat, leuk?

Ik heb het vaker gehoord en steeds kreeg ik dat onbestemde gevoel. Want ik was meer. Wat precies wist ik niet, maar niet alleen maar dat.

Nu, zoveel jaren later, kijk ik terug op mijn lange leven. Niet vaak, hoor, soms. Wie was ik, wie ben ik, vraag ik me dan af.

En het antwoord is simpel: ik ben gewoon een gelukkig mens.

Wat dat is, gelukkig zijn?

Naar je kinderen kijken en weten: niet slecht gedaan. En aan je man denken en aan alle momenten, dagen, jaren dat we samen waren, dat vooral.

Natuurlijk realiseer ik me dat ik dwars door alles heen ontzettend veel tv-programma's maakte. Die waren afwisselend heel goed, interessant, beroerd en vooruit: leuk. Ik doe er ook niets aan af, het was een heel boeiend deel van m'n leven waar ik trots op ben.

Maar trots is iets anders dan gelukkig.

Als u mij dus toevallig tegenkomt (wat best zou kunnen, want ik loop los rond) en u voelt de behoefte mij te vragen hoe het gaat, denk dan niet dat u een treurig antwoord krijgt. Lees dit boekje nog eens, en u weet het.

Mies Bouwman
Elst, april 2017